인어의 발걸음

人魚紀
by Lee Wei-Jing

Copyright © 2019 by Lee Wei-Jing
Korean Translation Copyright © Bokbokseoga. Co., Ltd., 2025
All rights reserved.

Published in agreement with Thinkingdom Media Group Ltd.
c/o The Grayhawk Agency, through Danny Hong Agency.

이 책의 한국어판 저작권은 대니홍에이전시를 통해
Thinkingdom Media Group과 독점계약한 복복서가㈜에 있습니다.
저작권법에 의해 한국 내에서 보호를 받는 저작물이므로
무단 전재 및 무단 복제를 금합니다.

인어의 발걸음

리웨이징 장편소설

심지언 옮김

복복서가

일러두기

주석은 모두 옮긴이 주다.

차례

1 ……………………………… 7

2 ……………………………… 16

3 ……………………………… 44

4 ……………………………… 62

5 ……………………………… 89

6 ……………………………… 116

7 ……………………………… 142

8 ……………………………… 161

9 ……………………………… 186

10 ……………………………… 222

11 ……………………………… 246

1

 날이 어스름하게 밝아올 즈음이면 푸르른 물결 속으로 들어가 하늘과 바다가 만나는 곳에서 사라지고 싶다. 하지만 가만히 서 있는다. 매번 서 있기만 한다. 단 한 발짝도 움직이지 않는다. 단 한 번도 실제로 걸어들어가본 적은 없다.

 발바닥까지 붉은 반점이 빼곡할 정도로 온몸에 심한 알레르기가 일었다. 오늘 같은 상태로 입사가 고운 흰 모래사장에 발을 들이는 건 뿌리가 뽑힌 식물이 얕은 흙에 심기는 것과 같은 느낌이지 않을까? 온몸이 간지러워 여기저기 긁어댔더니 살갗이 까지고 피가 났다. 그제 아침에 일어나보니 전신에 두드러기가 빽빽하게 올라와 있었다. 과장이 아니라 정말 말 그대로 '빽빽'했다. 두피, 이마, 얼굴, 목, 겨드랑이, 음부, 항문 주위와 허벅지 안쪽까지 퍼진데다 심지어는 발바닥에도 붉은 발진이 가득했다.

평소에도 알레르기가 자주 도지곤 했지만, 이번처럼 심하게 올라온 적은 없었다. 대체 뭐가 문제인 걸까? 피부란 피부에는 온통 발진이 나 있었다. 통증을 느낄 정도로 가려웠고 너무 아파서 열까지 났다.

집주인이 아침부터 초인종을 눌렀다. 침대에 있다가 벨소리에 정신이 들었지만 움직이고 싶지 않았다. 이미 세 시간 전에 눈을 뜨긴 했지만 그냥 누워 있고 싶었다. 곧이어 벨소리가 격분한 듯이 다급하게 울려댔다. 나는 누군가 내 삶의 멱살을 저토록 다짜고짜 잡아채도 할말이 없을 정도로 불성실하게 살아온 걸까, 짐작 가는 일은 없었다. 선행을 베푼 적은 없어도 악행으로 덕 본 적도 없는 삶이긴 했다. 대체 내가 무얼 잘못했길래 집주인이 저렇게 막무가내로 내 공간에 쳐들어오려 하는 걸까 싶었다.

집주인은 그래도 그만두지 않고 고집스럽게 초인종을 눌

렀다. 벨소리에서 결코 포기하지 않겠다는 당당함과 끝까지 싸워보겠다는 의지와 점점 커져가는 분노가 느껴졌다. 결국 나는 백기를 들고 헝클어진 머리로 몸을 일으켰다. 슬리퍼가 한 짝만 눈에 띄길래 그것만 신고 발을 질질 끌고 나가 현관 문을 열었다.

입에 거품을 문 집주인이 고래고래 욕을 퍼부었다.

"네가 뭔데 벨을 눌러도 문을 안 여는 거야? 씨발, 얼마나 오래 서 있었는 줄 알아? 월세 받으러 온 거 뻔히 알면서, 돈이 없으면 없다고 솔직하게 말할 것이지, 며칠 늦게 와줬는데도 벨을 누르며 서 있게 해? 문 열기 싫었지? 하, 진짜……"

집주인을 보는 순간, 침대에 누워 뭉그적거리면서 차곡차곡 쌓였던 분노와 반항심이 순식간에 경악으로 바뀌었다. 온몸이 부들부들 떨리고 목구멍이 바짝바짝 타들어갔다.

집주인 할아버지는 하얗게 센 깍두기 머리에 화려한 나비 모양 머리핀을 대여섯 개 꽂고 있었다. 귀에는 자주색 조가비 귀씨를 달았고, 목에는 세 줄짜리 진주 목걸이에 조가비 목걸이까지 걸고 있었다. 손가락마다 진주와 조가비로 된 반지를 주렁주렁 꼈고 안경 렌즈도 자주색으로 바꾼 것 같다. 그런데 옷차림은 어르신들이 입는 흰 러닝셔츠에 펑퍼짐

한 반바지인데다가 슬리퍼를 신고 있었다.

놀란 기색을 보였다가 혹시 집주인이 상처라도 받을지 몰라 나는 침착하게 마음을 가다듬었다.

돈이 없어 월세를 안 내려던 것이 아니라 일찍 일어나고 싶지 않았을 뿐이라 말하고 싶었다.

미리 말도 안 하고 아침 일찍 문을 두드리지 말아달라고, 늦게 자고 늦게 일어나는 저녁형 인간이니 정 볼일이 있다면 점심 이후에 와달라고, 그럼 문을 열어주겠다고 말하고 싶었다.

하지만 말해본들 아무 소용없을 것 같아 입을 꾹 다물었다. 목걸이에 주렁주렁 달려 있는 조가비처럼 아무리 딱 부러지게 말해도 여성용 자주색 액세서리를 주렁주렁 단 채 분노로 가득찬 나이든 남자의 귀에 들어갈 리 없었다.

나는 집주인이 만족할 때까지 실컷 욕하도록 내버려둔 채 가만히 있었다.

"월급 받으러 가야 되는데 아직 밖에 안 나가서 그래요. 이따 오후에 외출했다가 돌아오면 드릴게요."

"씨발, 돈이 없으면 진작 말을 할 것이지."

집주인이 욕을 내뱉는 찰나, 자주색 조가비 귀걸이가 찰랑거렸다.

"미리 말하면 며칠 봐줄 수도 있다고……"

집주인은 욕을 다 했는지 뒤돌아선 다음 비틀거리며 계단을 내려가려다가 문득 멈춰 섰다. 그러더니 얼굴이 간지러운지 살살 긁고는 긴 머리를 귀 뒤로 먼지 털듯 넘기는 시늉을 했다. 하지만 집주인은 머리가 그만큼 길지도 않았다. 심지어 나는 집주인이 소녀처럼 수줍은 듯한 미소를 짓는 것까지 목격했다. 허공에 대고 누군가에게 장난치는 듯한 모습이었다. 집주인은 사랑스러운 미소를 머금은 채 난간을 잡고 한 발 한 발 천천히 계단을 내려갔다.

나는 문을 닫고 어안이 벙벙해서 소파에 털썩 주저앉았다. 얼마간 그러고 있자 차차 무슨 일이 벌어진 것인지를 실감했고, 그제야 두려워졌다.

무엇 때문에 두려운지는 정확히 콕 집어 말할 수 없었지만 집주인이 자주색 조가비 액세서리를 잔뜩 걸치고 여자처럼 굴었던 기이한 행동 뒤에는 초자연적인 무언가가 숨겨져 있을 것만 같았다. 그런 불가사의를 목격하고 나니 놀라우면서도 무서워졌다.

나이든 집주인이 언제부터 여성용 액세서리를 하고 다니

기 시작했을지를 곰곰이 되짚어보았다. 집주인 나름대로 이유가 있는 걸까? 지난달에 월세를 받으러 왔을 때도 자주색 조가비 목걸이를 하고 있긴 했다. 흰색 러닝셔츠 위에서 달랑거리던 조가비 목걸이가 지금도 눈에 선하다. 그때는 그냥 뜬금없다고만 생각했고 손주들이 어디 섬으로 놀러갔다가 사 온 기념품 선물이겠거니 하며 대수롭지 않게 넘겼다. 하지만 이번에는 머리며 얼굴이며 조가비와 진주로 한껏 치장한 채 별안간 포효하듯 소리를 지르더니 돌아서서는 또 여자처럼 교태를 부리며 가버린 것이다.

모든 게 이상했다. 그저 단순히 인생이란 여정에서 생긴 작은 탈선일까? 시간의 톱니바퀴가 돌아가다 생긴 작은 뒤틀림에 '일상'이라는 두 글자의 작은 톱니바퀴 역시 휘말린 걸까? 그 뒤로는 모든 기이함이 일시적일 뿐이어서 일상의 리듬 속으로 끼어들진 못한 걸까? 또는 충분한 파괴력까지는 갖추지 못해 일상의 논리를 폭파해버리진 못한 것일까? 괴상하다는 말 외에는 달리 표현할 수 있는 길이 없었다.

생각을 곱씹다보니 다소 추워졌지만 소파에서 몸을 일으켜 이불을 가지러 가기는 싫었다. 몸을 새우처럼 구부리고 소파에 묻혀 잠이나 자고 싶었다.

피곤한 정도까지는 아니었지만 엉겨붙는 듯한 졸음이 몰

려왔다.

 집주인이 미친 듯이 초인종을 눌러대기 전날인 어젯밤, 나는 잠이 오지 않아 침대에 누운 채 밤새 뒤척이고 있었다. 새벽 네시쯤 밖에서 고통스러운 듯한 여자의 비명소리가 들렸다. 먼 곳에서 들려오는 소리가 아닌 듯 울부짖는 비명이 갈수록 커지더니 아파트 단지 안에 사는 여자가 지르는 것임이 분명해졌다. 바로 집밖에서 지르는 소리처럼 들릴 때도 여러 번 있었다.

 잠이 확 달아나 몸을 일으켰다. 방에 있는 창문을 열고는 어느 집인지, 어느 방향인지, 어디 사는 여자인지 찾아보려고 이리저리 두리번거렸다. 안 좋은 상황이면 경찰에 신고할 생각이었다. 본능적으로 불을 끄고 어둠 속에서 상황을 파악했다. 다른 이들이 내 동태를 살피는 게 싫어서였다. 여자의 울부짖는 소리가 예사롭지 않을 정도로 점점 더 날카로워졌다. 아파트 단지 사람들이 하나둘 불을 켰다. 웃통은 안 입고 줄무늬 반바지만 입은 남자가 베란다에 서서 미친 듯이 소리를 지르는 여자의 위치를 찾고 있었다. 대체 무슨 일인지 위급한 상황은 아닌지 알아보려는 듯했다.

 여자는 폭행을 당할 때 나는 괴성을 지르더니 경련하듯 울음소리를 내기 시작했다. 베란다에 서 있던 남자들과 나이트가운을 걸친 채 창틀에 엎드려 있던 여자들도 덩달아 바짝 긴장하기 시작했다. 한참을 듣고 나서야 소리가 나는 곳을 특정할 수 있었다. 저쪽 옆 동의 칠층이나 팔층 같았다. 어떤 사람이 맞은편 베란다에 서 있던 남자에게 왼쪽 동에 사는 사람이 지르는 소리 아니냐고, 경찰에 신고해야 되지 않겠느냐고 물어보기도 했다.

그때 갑자기 여자가 지르던 소리가 교태 같은, 거의 신음에 가까운 비명으로 바뀌었다. 베란다 창가에 서서 상황을 주시하던 사람들은 순간 어안이 벙벙해졌지만 방금 그 울부짖음이 자신이 짐작하는 그게 맞는지 확인하고 싶은 듯했다.

다들 아연실색하여 말을 잃은 상황에 여자가 또다시 비명을 질렀다. 이번에는 틀림없이 그 신음소리라는 걸 누구라도 확신할 수 있었다.

어스름한 아파트 단지에 하나둘 노르스름한 불이 켜지나 싶더니 다른 불들은 한순간에 꺼져버렸다. 조금 전까지만 해도 아슬아슬했던 분위기가 순식간에 어이없는 에피소드로 바뀐 찰나였다. 웃통을 벗고 서 있던 예의 그 남자가 허공에 대고 소리를 질렀다.

"적당히 해라, 이것들아! 빨리 잠이나 자! 사람들 다 깨워

놨으면 된 거 아니냐!"

 나는 창가에 무릎을 꿇고 앉아 킥킥거리며 모든 걸 몰래 지켜보고 있었다. 숨넘어갈 정도로 웃었더니 시트콤 같은 신나는 밤이 되었다.

 한참을 웃고도 모자라서 창가로 슬며시 다가가 바깥을 내다보았다. 다들 그사이에 불을 끄고 자러 간 모양이었다.

 살짝 외로웠지만, 웃음이 멈추질 않았다. 자러 가야 한다는 자각은 있었다. 다음날 댄스 수업에 나가 연습하려면 충분히 쉬어주어야 하니까.

 허전하고 무료한 세상에서 나는 춤이 제일 좋았다.

2

한번 댄스스포츠에 발을 담그면 함께 춤을 출 파트너가 없다는 두려움에 평생 시달리게 된다. 대부분은 나처럼 어느 정도 춤을 출 줄 알아도 파트너를 찾지 못한 탓에 단체 수업 때는 모르는 사람이나 고정 파트너가 결석한 사람과 손을 맞잡고 어색하게 춤을 춰야 한다. 상대의 실력이 별로라면 누구라도 몇 번씩이나 같이 춤을 추고 싶지는 않을 것이다. 괜히 여러 번 해봤다가 고정 파트너가 될까 싶어서다. 못 이기는 척 둘이 쭉 함께하는 경우도 있지만 말이다. 나는 생활비 대부분을 춤추는 데 쏟아붓는다. 거금의 수강료를 들여 선생님과 정기적으로 연습을 하고 있기 때문이다. 둥니 선생님과 함께하는 훈련을 발판삼아 실력 있는 댄서가 되고 싶다는 바람으로. 이인무에 필요한 교감이나 소통에 대한 개념, 그리고 기본기를 제대로 다져서 실력이 갖춰진다면 운이 좋을 경우 잘 맞는 파트너를 만나게 될지도 모를 일이었다.

그렇기에 전문 댄스스포츠 선수들이 모이는 스튜디오에서 둥니 선생님에게 받는 일대일 수업에 많은 시간을 할애해왔다. 선생님은 기본기부터 훈련시켰는데 기본적인 발동작을 익히는 데만 반년이 걸렸다. 선생님은 평생 매일 연습해야 하는 것이 기본 스텝이라고 했다. 둥니 선생님이 이끄는 중년 단체반은 수강생들의 실력이 상당하여 세계적인 선수들 사이에서 유행하는 신기하고 화려한 스텝을 아낌없이 가르쳐주었다. 아줌마들은 새로운 스텝을 많이 배울수록 수강료가 아깝지 않다고 생각해 좋아했다. 나는 단체반에서 새로운 안무와 스텝을 배우고 개인 레슨 시간에는 차곡차곡 기본 실력을 쌓고 집에 와서는 혼자 연습에 매진했다.

둥니 선생님은 나에게 어울리는 파트너가 있는지 스튜디오에서 찾아보겠다고 했지만. 선생님이 말하지 않아도 알고 있었다. 나에게 기회가 많지 않다는 것을. 스튜디오에 찾아오는 이들 대부분은 대회에 출전해 선수가 되는 게 목표였으므로 나처럼 시작도 늦고 나이도 많은 사람을 파트너로 삼진 않을 터였다. 하지만 선생님은 우선 연습만 열심히 하면 된다고, 다른 걱정은 하지 말라며 다독여주었다. 이외에도 중년 단체반에서 파트너를 찾는 방법이 있기는 했다. 둥니 선생님이 잘 가르친다는 입소문이 나면서 젊은 수강생들도 점점 늘어나는 추세였다.

사실 파트너가 없는 수강생 대부분은 선생님이 특별히 신경을 써주지 않아 끝내 파트너를 구하지 못해 결국 춤 연습조차 하지 못했다. 댄스스포츠는 반드시 두 명이 짝을 이뤄야 한다. 아무리 꿋꿋한 사람이라도 다른 수강생들이 음악에 맞춰 춤추는 걸 혼자 지켜만 보는 입장이 몇 번 반복되면 한계가 오기 마련이다. 다들 본인 연습이나 파트너와 조화를 이루는 것에만 집중하지 외톨이가 된 사람까지 신경쓰진 않았다. 파트너가 없는 사람들은 몇 번쯤 수업에 들어왔다가 재미도 없고 외로운데다 배제되었다는 기분에 수치심까지 느껴 더이상 춤을 추지 않으려 했다. 그렇게 한두 달 지나면 실망감만 쌓인 채 그만두는 수순을 밟았다.

톱스타 연예인의 레슨을 많이 해본 유명한 댄스스포츠 강사는 인터뷰에서 잘 맞는 댄스 파트너 만나기가 결혼 상대를 만나는 것보다 더 어렵다고 밝혔다. 하지만 파트너가 없더라도 열심히 연습해서 실력만 갖추면 언젠가는 좋은 파트너를 만날 수 있다고, 그러면 파트너와 함께 곧장 일정 궤도에 오를 수 있을 것이라는 조언도 잊지 않았다.

나와 같은 반 수강생 중에도 그 말을 믿는 이들이 꽤 있었다. '아예 상반되는 두 이야기가 사실은 일맥상통한다'는 환상 속의 논리는 알고 보면 이인무의 세계에서도 통했다. 준비를 제대로 해놓고 인내심 있게 기다리면 언젠가는 적합한 상대가 나타나리라는 문장이 그랬다.

절반은 맞고 절반은 틀린 말이었다. 우리는 두 사람이 한 조를 이루어 가정을 꾸려야 하는 세상에 살고 있다. 그 사이를 비집고 들어갈 수 없어 외톨이 신세가 된다면 혼자 사는 탓에 외로울지언정 이 세상에 발을 붙이고 살아갈 수는 있다. 하지만 댄스스포츠라는 세계에 발을 들이려면 반드시 두 사람이 짝을 이루어야 하고 그게 아니라면 문을 열고 들어설 수조차 없는 것이 현실이다.

하지만 그 당시에는 나 또한 꾸준히 연습하면서 제대로 준비만 해놓으면 머지않아 훌륭한 파트너를 만날 수 있을 것이라고 믿었다. 같이 레슨도 받고 연습도 하고 선수급으로 발전할 수 있는 파트너를. 프로까지는 아니어도 아마추어 경연 정도는 나갈 수 있는 파트너를. 그럼 둥니 선생님은 틀림없이 본인 일처럼 기뻐해줄 터였다.

어쨌든 나는 현실을 직시하고 이렇게 되뇌었다. 파트너가 없다고 연습을 안 하고 있을 수는 없지. 파트너가 나타나기를 기다리고만 있을 수는 없으니 지금 당장 연습을 시작하자.

열정이 넘칠 때는 일주일에 나흘이나 수업을 받으러 다녔다. 이틀은 프로 레슨반에서 둥니 선생님이 개인지도를 해주었다. 한 번에 한 시간짜리 개인 레슨이었다. 댄스 스튜디오에는 젊은 선수들의 체취와 에너지가 가득했다. 들어가보면 다들 사방으로 뿔뿔이 흩어져 거울을 보며 스트레칭을 하고 있었다. 본인 몸에 집중한 상태로 거울에 비친 자세를 살펴보며 어디가 문제인지를 바로 짚어내는 선수들이었다.

'거울은 댄서의 가장 좋은 친구다'라는 말은 거울을 보면서 내 춤이 어디가 잘못되었는지 찾아낼 수 있다는 뜻이다. 수업이 끝났는데도 연습을 계속하거나 집중 훈련을 하고 있는 댄서들이 스튜디오 곳곳을 차지했다. 만반의 준비라도 하려는 듯이 열심이었고 다들 젊은데다 에너지가 넘쳤다.

나머지 이틀은 외부 체육관을 대관한 중년반에서 한 번에 세 시간씩 수업을 받았다. 나중에 알고 보니 댄스스포츠계에서 꽤나 유명한 반이었다. 춤을 열정적으로 사랑하는 아줌마, 아저씨들이 한데 모여 십여 년 동안 함께해왔다고 들었다. 그래서인지 댄스 스튜디오에 있는 선수들과는 원체 분위기가 달랐다. 단체반 대다수가 춤을 아무리 좋아해도 취미로만 하는 사람들이어서 그런지 진심을 다하는 강사를 최고로 쳤다. 매 순간 성심성의껏 임하는 둥니 선생님은 학생들이 하는 질문에는 반드시 대답을 돌려줬고 동작 하나하나 시범까지 보이며 자세히 설명해주었다. 그럴 때마다 춤을 춘 지 햇수로 십오 년이 넘어가는 아줌마, 아저씨들은 흡족해했고 예술에 대한 야심과 욕망도 키워나갔다.

나는 연습이 끝나고 집에 오면 속옷까지 땀으로 흠뻑 젖어 있었다.

수업이 없는 날은 집에서도 연습을 했다. 영상을 보며 수업시간에 배운 안무나 스텝을 복습하고 기본동작을 계속 반복해서 연습했다. 근력운동도 하고 밤마다 스트레칭도 빼먹지 않았다. 이 모든 게 댄서에게 필요한 체형을 만들기 위해서였다. 시작이 늦은 터라 프로선수가 될 가망은 없지만 그래도 완벽한 자세에 좀더 가까워지고 싶었다. 마음 한편으로는 진정한 댄서가 될 수 있지 않을까 하는 기대를 품기도 했다. 손을 대충 잡고 춰도 괜찮은 포크댄스 같은 사교춤을 즐기는 수준에만 머물고 싶지 않았다. 세계적인 선수처럼 정교하고 아름다운 춤을 추고 싶었다.

언젠가는 춤을 대단히 잘 추는 사람이 되고 싶었다. 다른 이들의 영혼에서부터 탄식을 끌어내는 춤 선을 갖고 싶었다. 둥니 선생님이 가르쳐주는 건 뭐든지 그대로 따라서 연습했다. 부족한 부분을 지적해주면 될 때까지 노력했다. 내가 가장 좋아하고 의지하는 사람은 둥니 선생님이었다. 이인무 세계에서 외톨이 신세인 내가 기댈 수 있는 유일한 버팀목이었다.

처음부터 맹목적으로 둥니 선생님을 따라다닌 건 아니었다. 그전에도 댄스스포츠 강사를 여럿 거쳤고 다른 여자애들과 여기저기서 강사를 수소문해 배워보기도 했다. 하지만 늘 실망으로 끝이 났다. 나중에 얘기해보니 돈만 날렸다고 생각하는 친구가 한둘이 아니었다. 이 바닥에서 여러 강사들을 겪어본 덕에 둥니 선생님을 보자마자 알 수 있었다. 선생님은 진정한 댄서의 몸을 갖춘 사람이라는 것과 훌륭한 스승의 조건인 열정과 매력까지 갖춘 사람이라는 걸. 최고의 댄서이자 좋은 스승을 만난 것이 내게 얼마나 큰 행운인지도.

전에 만났던 강사들 중에는 춤을 굉장히 잘 추는 현역 선수도 있고, 은퇴하고 학생들을 가르치며 먹고사는 부류도 있었다. 춤을 잘 못 추는 어설픈 이들도 부지기수였다. 하지만 어떤 부류든 나 같은 수강생을 무시하고 얕보기 일쑤였다. 나는 그때마다 좌절했고 댄스스포츠계에서 이등 시민 취급을 받는 기분까지 들었다.

그런 강사들은 동작을 제대로 가르칠 줄도 몰랐고 기본기를 잘 봐주지도 않았다. 가끔 스텝이나 한두 개 알려준 다음 음악을 틀어놓은 채 수강생을 데리고 뱅글뱅글 돌며 수업이 끝날 때까지 시간만 끌었다. 이인무라는 게 사실 그렇긴 했다. 사교춤 수준에 만족할 경우 여자는 편안한 마음으로 남자에게 리드를 맡기면 저녁 내내 공주처럼 즐길 수도 있는 춤이 이인무였다. 그래서 돈만 밝히는 강사들은 수강생을 치맛자락 휘날리게 뱅글뱅글 돌리면서 춤을 아주 잘 춘다는 착각에 빠뜨리곤 했다. 그러다 시간이 되었다고 수업을 끝내면 그만이었다. 한 시간이나 춤을 췄는데 하나도 건진 것이 없어 허무와 공허함에 빠진 수강생 중에는 붉으락푸르락한 얼굴로 그 시간에 해당하는 비싼 강습료만 내고 나가버리는 경우도 있었다. 수업이 끝나면 강사들은 대부분 냉랭한 표정으로 수강생은 본체만체하고 동년배 선수들과 수다만 떨기 일쑤였다.

선수 출신인 그 강사들은 춤보다 돈을 더 중요시했지만 고생을 같이한 친구나 라이벌이었던 댄서는 무척 중요하게 생각했다. 수강생을 받으면 먼저 무용학과나 체육학과인지, 전에 춤을 배워본 적은 있는지 물어보는 것이 자연스러운 수순이었다. 없다면 우선 나이를 짐작해보고 훈련을 해도 대회에 출전할 선수가 될 가능성은 없겠구나 단정짓기 위해서였다. 그러다 간혹 춤에 조금이라도 야심이 있는 수강생이 왔을 경우에는 선수의 길을 갈 수 있는 자질과 뜻이 있는지 판단한 뒤 바로 예술가 대 예술가라는 높은 기준으로 따끔하게 가르치곤 했다. 그 수강생이 댄서의 길로 갈 가능성이 없다면, 실력과는 상관없이 강사 본인을 먹여 살릴 ATM기 역할을 할 수 있는지부터 셈해보는 것이 대부분이었다.

 운이 좋지 않으면 이 바닥에서 대충 놀고먹기만 하는 강사도 만나게 되는데 그런 족속들은 나이 많은 부잣집 마나님들을 특히 좋아했다. 비위만 살살 맞춰주고 춤만 같이 신나게 춰주면 오랫동안 안정적으로 돈 나오는 곳이 되기 때문이었다.

 나는 선수가 되기도 어려웠고 부잣집 마나님도 아니었다. 그런 강사들은 내가 둘 중 어디에도 속하지 않는다는 걸 대번에 알아보고는 나를 외부인 취급했다. 그 작자들은 자신이 외부인으로 취급하는 수강생은 춤을 사랑하는 사람이어도 한결같이 거만하고 고압적인 태도로 대했다. 수강생을 향한 경멸과 멸시의 시선이 느껴졌다.

내가 마음에 드는 춤 선생을 찾지 못해 고민중인 걸 알게 된 어떤 여자애로부터 둥니 선생에게 가보라는 조언을 들었다. 여행을 갔다가 알게 된 친구의 선생인데 중년반 수업을 한번 들어보라고, 찬찬히 살펴보고 나서 결정해도 된다고 했다. 나는 아줌마, 아저씨 이삼십 명이 한꺼번에 듣는 단체 수업이라는 말을 듣자마자 형편없는 사교춤 단체반일 거라 짐작했다. 그런 데서 가르치는 선생이 아무리 훌륭해봤자 팔할은 이 바닥을 어슬렁거리는 선무당이겠지 싶어 별 관심이 없었다.

여자애는 이것도 기회니까 한번 가보라면서, 일단 가보면 본인이 무턱대고 추천한 게 아니란 사실을 알게 될 거라고도 했다.

두세 달이 지날 때까지 제대로 된 선생을 찾지 못한 탓에 결국 단체반을 찾아가보기로 했다.

스튜디오에 들어서자마자 입이 떡 벌어졌다. 놀랍도록 자신감 넘치는 춤꾼 수십 쌍의 모습에 할말을 잃었다. 중년반이라는 말이 무색할 만큼 품위와 격조 높은 춤을 추고 있었다. 몸에 대한 자신감과 공간을 가득 채운 에너지가 불타오르는 듯했다. 둥니라는 선생은 한 박자 한 박자, 한 소절 한 소절 허투루 넘기지 않고 자세를 하나하나 교정해주었다. 끊임없이 쏟아지는 강사의 성실함과 열정이 학생 한 명 한 명에게 고스란히 전해졌다.

공기 중에서 윙윙 소리까지 나는 듯한 장면에 눈을 뗄 수 없었다.

둥니 선생님은 자리에 서서 박자를 세며 안정적이면서도 카리스마 있는, 그러면서도 순수한 지도자의 매력을 내뿜고 있었다.

둥니 선생님이 시범 보이는 스텝을 넋 놓고 보다보니 바깥으로 뻗어나가는 선생님의 근육 하나하나가 눈에 들어왔다. 안정적인 코어와 하체, 빠르고 화려한 스텝의 기본 중에 기본은 안정감이었다. 말로 표현할 수 없을 정도로 감동적인 순간이었다. 완벽한 몸매를 갖춘, 그야말로 제대로 된 춤꾼이었다. 그랬다. 둥니 선생님은 제대로 춤을 출 줄 아는 사람이었다. 수강생에게 친절을 베풀고 진지한 태도로 다가가는 것만 보더라도 춤을 진정으로 사랑하는 춤꾼이 틀림없었다. 늘 사심 없이 본인이 이해한 그대로 제자들에게 알려주고 싶어하는 진정한 스승이었다.

한마디로 춤에 대한 꿈과 열정을 품고 사는 남자였다.

수업시간 동안 나는 자리를 뜨지 않고 계속 서 있었다. 둥니 선생님은 선수반 수업을 하듯 당차고 패기 있게, 아줌마, 아저씨들을 엄하게 다뤘다. '사소한 동작이라도 전부 정확하게 해야 한다'고 강조했다. 아줌마, 아저씨들 중에 몇 커플은 댄스 선생인 경우도 더러 있다고 했다. 나머지는 십오 년, 십육 년 동안 수업을 들은 춤꾼들이었다. 젊고 쾌활한 둥니 선생님이 더 잘하고 싶은 춤꾼의 욕망에 불을 지펴주었고 그 덕에 이들은 절대 한눈팔 수 없었.

둥니 선생님은 내 마음을 움켜잡았다. 춤을 좀 아는 사람이라면 춤을 사랑하는 사람을 진심으로 좋아하기 마련이었다. 동작 하나하나가 몸속 깊은 곳에서 펼쳐져나오고 음악과도 사소한 부분까지 혼연일체되는 장면이 계속 이어졌다. 나는 속이 울렁거릴 정도로 심장이 두근거렸고 입가엔 절로 미소가 번졌다.

둥니 선생님이 한 바퀴 빙 돌자 그제야 앞모습이 보였다. 가느다란 눈, 희끗한 피부, 각져 있는 턱, 연습으로 다져진 건장한 몸매와 탄탄한 골격이 눈에 들어왔다.

잘생긴 얼굴은 아니어도 춤만 추면 거성의 면모가 돋보였다.
내가 가까스로 선생님에게서 눈을 떼고, 다음주부터 당장 배우러 오자고 했더니 그 말을 들은 여자애는 신나 했다.

처음에는 그 여자애와 짝을 이루어 춤을 췄다. 단체반에는 아는 사람이 한 명도 없고 나이도 다른 수강생들보다 한참 어렸기 때문이다. 그전까지만 해도 아줌마나 아저씨가 춤을 춰봐야 얼마나 잘 추겠나 싶었는데 실제로 보니 숨은 고수들이었다. 둥니 선생님이 알려주는 스텝도 사실 상당히 복잡했고, 아줌마, 아저씨들에 대한 선생님의 요구치도 사교춤을 훨씬 뛰어넘은 수준이었다.

더욱 중요한 건 단체반의 춤에 대한 진심과 열정이 놀랍도록 대단하다는 거였다.

그 정도로 열심히 춤을 추고 열기도 뜨거운데 왜 정작 선수들과는 실력 차이가 나는 걸까? 기본기가 부족하기 때문이었다.

아줌마, 아저씨들은 결과가 바로 나타나지 않아 지루하고 성취감도 느껴지지 않는 기본기 쌓기에 시간을 들일 마음이 없었다. 기본적인 스텝은 식은 죽 먹기라고 생각했기에 뭐 하러 매일 연습을 하냐는 입장이었다. 매번 둥니 선생님이 더욱 참신하고 대단하고 이제껏 본 적 없는 새로운 스텝을 알려주기를 바랐다. 아니면 세계 일인자의 춤 선을 배우고 싶어했다. 그러면서도 아줌마, 아저씨들은 코어 운동이나 중량 운동은 해본 적이 없었고 무게중심도 잘 안 잡혀 있었다. 그 탓에 춤을 출 때면 자세가 곧지 않았고, 중심이 제대로 잡히지 않았다. 자연스레 중량감이 사라지기 마련이었다.

코어가 잘 잡혀 있지 않은 몸은 대들보가 없는 집이나 마찬가지다. 피아노를 칠 때처럼 기본기를 다지는 것이 중요하지만 그 과정이 번거롭고 지루하긴 했다. 다들 새로운 곡으로 진도를 나가고 싶어했지만 기본기가 제대로 갖춰져 있지 않으면 아무리 어려운 곡을 배워도 소용이 없었다.

그래도 나보다 스무 살, 서른 살은 더 많은 아줌마, 아저씨들이 이 정도 수준까지 올라설 수 있다는 사실이 참으로 놀라웠다. 의지가 불타올라 두 달 정도 수업을 들어보고 둥니 선생님을 찾아갔다. 개인 레슨을 해달라며 전문 스튜디오에서 선수들의 분위기를 느껴보고 싶다고 했다.

기초부터 하나하나 착실하게 배워나가고 싶다고, 가장 기본적인 것이 가장 터득하기 어렵다는 건 잘 알고 있다고도 말했다. 화려한 동작부터 시작하지 않고 기본기부터 갈고닦을 생각이었다.

"저도 선수들 가르치는 방식대로 가르쳐주세요."

얼굴을 새빨갛게 붉힌 채 겨우 입 밖으로 꺼낸 말이었다.

둥니 선생님은 대꾸 없이 나를 흘깃 쳐다보았다. 수업시간에는 쾌활해 보였지만 허세와 자만심도 있는 사람이라는 걸 그 순간 알아차렸다. 하지만 선생님은 나를 무시하지 않고 일단 수업을 한 시간 들어본 다음에 할 만하겠다 싶으면 그때 가서 다시 생각해보자고 했다.

바로 받아주지 않고 우선 지켜보겠다는 둥니 선생님의 뉘앙스에도 개의치 않고 바로 첫 개인 레슨을 신청했고 두번째, 세번째 개인 레슨까지 받았다. 진심이라는 걸 증명해 보이고 싶었다. 둥니 선생님을 처음 봤을 때 느꼈던 순수함과 늘 꿈을 안고 사는 사람일 것이란 짐작이 맞다면 내 열정과 진심이 분명 선생님에게도 전해질 것이었다.

둥니 선생님과 친해지고 나서야 처음에는 날 가르칠 생각이 없었다는 말을 들었다. 선생님은 소심한 표정을 짓다가도 문득 당돌한 얼굴로 사람을 빤히 쳐다보는 내가 이상하게 느껴진 적도 있다고 했다. 결정적으로는 내가 스튜디오의 분위기와는 결이 다르다고 느꼈기 때문이라고 했다.

일대일 수업을 막 듣기 시작했을 때 둥니 선생님이 몇 번이나 돌려서 했던 말이 그제야 생각났다. 이제 수업에 나오지 않았으면 하거나 다른 선생한테 갔으면 했는데 내가 말을 잘 못 알아들었던 것이다. 나 같은 소시민에게는 비싼 개인 강습료였지만 이런 레슨을 지금껏 찾아 헤맸던 터라 불도저처럼 거침없이 밀어붙였다.

시간이 얼마나 흐른 뒤에야 선생님이 나를 학생이자 친구로서 받아들였는지는 기억나지 않는다. 다만 둥니 선생님은 나도 알고 보면 마음이 따뜻하고, 완벽하지는 않지만 나만의 매력이 있는 사람인 걸 알아차렸다. 더 나중에는 서로를 너무 잘 알게 되어 오히려 사이가 멀어진 것 같지만. 중요한 건 내가 춤에 소질이 있다는 걸 둥니 선생님이 발견해냈다는 사실이다. 나는 춤을 볼 줄 알고 제대로 감상할 줄도 알았지만 직접 춤을 배울 때는 아주 느렸다. 보는 눈도 예리하고 듣는 귀도 예민했지만 스텝을 기억하는 데는 시간이 걸렸다. 선생님이 가르쳐주는 동작도 오랜 시간을 들여야 소화할 수 있었지만 한번 이해한 건 잊어버리지 않았다.

집에 가서도 연습에 매진했고 선수 출신인 선생님도 놀랄 만큼 간절하게 춤에 매달린 결과 실력이 매우 빨리 늘었다.

"어릴 때부터 했으면 지금쯤 대단했을 텐데."

"왜요?"

"넌 댄스에 소질이 있거든. 여성 댄서에게 필요한 자질도 갖췄고."

"그게 뭔데요?"

"성격도 있는데다 성실하고 열정적이지. 또 감도 좋아."

나는 직업도 없이 소박한 삶을 사는 사람이었다. 이 세상에 태어나 밥 먹는 데만 돈을 쓴다면 사실 그리 많은 돈이 필요하진 않았다. 춤이 내 삶에 들어오기 전까지, 이 세상에서 사라지고 싶으면 사라지고 마는 거품에 불과한 존재라고 생각했다. 사라지기 전에 바다 위를 떠다니다가 큰 물고기가 나타나면 산호 옆에 숨고 작은 물고기를 만나면 내키는 대로 한참을 같이 헤엄쳐 다니는 거라고. 나풀나풀 뛰어오르다가 밝은 빛이나 급류를 만나면 나도 빛이나 물로 변하면 되는 거라고. 나는 몸집이 작디작지만 눈은 아주 맑아서 형형색색까지 구분해낼 수 있는 존재였다. 때로는 물결 따라 바다로 흘러들어가면 햇살이 비추는 곳에 단아한 무지개가 떠 있을 것 같았다. 그러면 나는 그대로 사라져도 상관이 없었다.

하지만 춤을 만난 순간 달라졌다. 집착도 생겼고 욕망이나 야심도 고개를 들었다.

처음에는 평평하고 부드러운 연습용 신발만 신었는데 차츰 칠 센티미터짜리 댄스화도 신을 수 있게 되었다. 따라 하기 어려웠던 스텝도 어느새 익숙해지고 다양한 동작들도 세밀하게 표현하기 시작했다. 음악과 혼연일체가 되는 느낌이었고 나도 모르게 춤을 즐기고 있었다. 특히 내 몸을 마음대로 주도할 수 있다는 느낌이 매력적이었다. 나는 사실 그렇게 무력한 편도 아니었지만 내 몸을 스스로 조절할 수 있는 능력이 생긴 것 같아 기뻤다.

내가 가진 비밀 중 하나는 성인이 된 뒤로 누군가 내 몸을 만져본 적이 없다는 것이었다. 그러다 갑자기 다른 사람의 몸과 조화를 이루며 자연스럽게 스킨십도 하다보니 하늘로 날아오르듯 기분이 시원해졌다. 활기차게 하늘을 향해 비상하듯이, 따뜻한 파도에 온몸을 맡기듯이 이루어지는 우아한 동작과 감정 표현, 그리고 춤이라는 결과물을 파트너와 공유할 때 느끼는 친밀감은 혼자서 불가능한 것들이었다.

"Men lead, women follow*, 너무 권위적인 거 아닌가요."

---

* '남자가 여자를 리드하고, 여자는 남자의 리드에 따라간다'라는 뜻.

나는 둥니 선생님에게 불평을 쏟아냈다.

"맞아, 그래도 규칙이 그런 걸 뭐. 춤을 출 거면 정해진 대로 따를 수밖에 없지. 나도 따라야 하는 건 마찬가지고."

댄스스포츠는 모던댄스와 라틴댄스로 나뉘고 총 열 종목으로 세분된다. 모던댄스에는 왈츠, 탱고, 퀵스텝, 슬로우 폭스트롯, 비엔나왈츠가 있고 라틴댄스에는 룸바, 차차차, 삼바, 파소도블레, 자이브가 있다. 언뜻 비슷해 보이지만 우선 치마 길이부터 차이가 난다. 모던댄스는 치마가 무릎 아래까지 내려오고, 라틴댄스는 무릎 위로 올라간다. 모던댄스는 고상하고 기품 있는 동작을 선보이는 것이 특징인 반면 라틴댄스는 역동적이고 강렬한 움직임을 연출하는 춤이다.

모던댄스는 내 취향이 아니어서 해본 적이 없고 라틴댄스만 다섯 종류를 모두 배웠다.

둥니 선생님도 모던댄스는 추지 않았다.

"하체가 파트너와 완전히 밀착돼야 해서 모던댄스는 안 해."

룸바는 격정적인 사랑의 감정을 표현하는 춤이고 차차차는 상큼하고 발랄한 분위기로 장난치듯 추는 춤이다. 삼바는 축제에서 추는 화려한 춤이고 자이브는 파트너와 우정 이상 사랑 미만인 관계를 표현하듯 신나게 즐기는 춤이다.

"그럼 파소도블레는요?"

둥니 선생님에게 물었다. 사실 파소도블레가 제일 어려운 춤이었다. 파소도블레에 맞춰 출 수 있는 음악도 두 종류밖에 없고, 파트너와의 교감이나 소통도 룸바, 차차차, 삼바, 자이브와는 달라서 나도 선뜻 추게 되지 않는 춤이었다. 파소도블레는 남자가 투우사 역할을 하고 여자는 투우사가 흔드는 빨간 망토나 투우 역할을 맡는다.

파소도블레는 연인처럼 왔다갔다하는 스텝이 없고, 요요처럼 조였다 풀었다 하는 식의 밀고 당기기도 없다. 물리학의 자력처럼 끌어당기거나 밀어내면서도 떼어내려야 떼어낼 수 없는 힘이 없는 것이다.

투우사와 투우만 있을 뿐 과정과 결과는 단조롭고 명확하여 변화가 일절 없다. 투우가 죽어버리면 끝나는 건 똑같다.

"왜 그런 거예요?"

"뭐가 왜야, 규칙이 그런 거지."

규칙이 그랬다. 이인무의 규칙은 정해져 있어 바꿀 수가 없었다. 춤을 추고 싶으면 규칙을 따라야 했다.

첫째, 댄스스포츠는 이인무이기에 혼자서 출 수 없다. 짝

수여야 가능하다.

둘째, 이인 일조로 구성되어야 하고 둘 사이의 권력관계도 분명하다. 'Men lead, Women follw.'

실력이 늘기 시작하자 둥니 선생님을 소개시켜준 샤오쌍을 참아주기가 힘들어졌다. 같이 춤을 추는 게 견딜 수 없을 정도로 싫었다. 개인 레슨을 받으며 내 수준이 확 높아져버리는 바람에 짝끼리 어떻게 리드하고 소통해야 하는지 정확히 알게 되었고, 뚜렷한 제스처와 깔끔한 댄스의 맛을 알아버렸다. 짜임새라고는 찾아볼 수 없고 손만 대충 잡은 채 끌었다 밀었다 하는 아마추어를 더이상 참아줄 수 없다는 소리기도 했다. 샤오쌍이 내 몸에 살짝만 닿아도 상당히 불쾌했다.

수업시간에도 함께하고 싶지 않았지만 다른 파트너가 마땅히 없으니 현실을 받아들여야 했다.

샤오쌍은 박자감이 없어서 늘 한 박자가 느렸다. 스텝도 제대로 외우는 법이 없고 대충 기억나는 대로 춤을 췄다. 그러다 틀리면 뭐가 그리 재미있는지 킥킥거렸다. 수업시간에는 아줌마들만 있다고 자신감이 넘치는지 웃고 떠드는 것도 모자라 우쭐거렸다. 나랑 호흡도 제대로 맞출 생각이 없는 그애의 태도를 보고는 화가 치밀었지만 나는 억지로 웃으며 물었다.

"방금 어디가 잘못됐지? 왜 안 맞았지?"

본인이 어디가 틀렸는지 정도는 생각해봤으면 싶었는데 샤오쌍이 고개를 돌리더니 옆에 있는 아줌마에게 말했다.

"샤톈*이 모르는 동작인가봐요. 얘 좀 가르쳐주시겠어요?"

분명히 자기가 틀렸으면서 상대방 잘못이라고 여기는 태도였다. 말할 수 없을 정도로 화가 났다. 박자가 안 맞는 것도 모른다면, 자기가 뒤처지는 줄도 모른다면, 그게 구분도 잘 안 간다면, 아무리 배워도 소용없는 짓이다. 그래도 샤오쌍은 뭐가 그리 즐거운지 늘 시시덕거렸다. 어떻게든 춤을 추기만 하면 본인이 아름다워 보인다고 생각하는 듯했다.

계속 이런 식이면 실력이 늘지 않을 것이 뻔했다. 샤오쌍 때문에 나까지 지지부진해질 노릇이었다. 샤오쌍을 떼어내고 싶었다.

둥니 선생님에게 조언을 구했더니 상황을 좀 두고 보자고, 조급하게 생각하지 말라고 했다.

이틀 뒤 선생님이 물었다.

"단체반에서 파트너로 마음에 드는 사람 있어? 괜찮아 보

---

* 夏天. '여름'이라는 뜻.

이는 사람 있으면 한번 생각해보자……"

 샤오쌍 덕에 둥니 선생님을 만나 여기까지 올 수 있었던 건 사실이어서 죄책감이 들긴 했다. 샤오쌍과 갈라선다 해도 그럼 누구랑 춤을 춘단 말인가? 단체반은 대개 부부끼리 파트너였고, 젊은 사람도 다들 정해진 파트너가 있었다. 보통 춤을 배우는 여자는 남자 역할을 꺼렸다. 둘이서 추는 춤이다보니 여자는 여자 역할이 고정되어 있어서 남자 역할을 해버릇하면 미래가 없었다.

 우리가 처음 파트너가 되었을 때 샤오쌍은 자기가 남자 역할을 하고 내가 여자 역할을 해도 상관없다고 말했다. 샤오쌍이 선뜻 양보하자 마음 한구석이 석연치 않았다. 샤오쌍은 나보다 여성스러운 편이고 본인을 드러내길 좋아하는 스타일이었다. 괜히 나 때문에 남자 역할을 자처한 게 아닌가 싶었다. 공연한 걱정이었던 것이 샤오쌍의 삶에는 온갖 재미있는 일들이 즐비했다. 반면 나에게는 춤이 단 하나의 우주였다. 샤오쌍은 친구들과 영화를 보러 다니다가 댄스 수업에 늦게 들어올 때면 나는 기다리다못해 화가 머리끝까지 차올랐다. 샤오쌍은 사정을 얘기하기는커녕 한 번 봐달라는 말조차 없었다. 왔으면 그걸로 된 거 아니냐는 듯한 태도였다. 하지만 나는 음악과 동작을 하나하나 신경쓰면서 연습했고 박자도 세세하게 반박자씩 세면서 춤을 췄다. 사소한 것까지 정확하게 짚고 넘어가야 직성이 풀렸다.

단체반에는 내 또래의 약혼을 한 커플이 있었다. 나보다 먼저 수업을 듣기 시작했는데 두 사람도 둥니 선생님의 개인 레슨까지 받고 있었다. 남자는 기골이 장대해도 얼굴은 둥글둥글한 편이었다. 여자는 자그마한 체구에 알맞게 얼굴이 동글동글했다. 둘이 이목구비도 비슷해서 마치 큰 동그라미와 작은 동그라미를 보는 것 같았다. 둘 다 웃으면 초승달처럼 변하는 동그란 눈의 소유자였고 눈에 애교 살까지 똑같았다. 코는 작지만 오뚝했고 입도 작지만 웃으면 아이 같은 천진난만함이 느껴졌다. 중년반 어르신들의 사랑을 한몸에 받는 커플이었다.

약혼녀인 메이신은 컴퓨터 프로그래머였다. 가끔 메이신의 퇴근이 늦어지는 날 수업에 들어가보면 약혼남 혼자 동작을 따라 하고 있었다. 파트너가 없는 사람을 찾아 잠깐이라도 같이 춤을 출 생각은 없는 듯했다. 조금만 기다리면 메이신이 올 테니까. 그러던 어느 날 나는 큰맘 먹고 남자에게 다가가 손을 잡고 연습을 청했다. 우리는 한 발짝씩 스텝을 밟았지만 처음부터 끝까지 아무 말도 하지 않고 호흡을 맞추며 동작에만 몰두했다.

춤에 딱 맞는 체형을 타고난 파트너와 리듬을 타는 건 그 자체만으로도 신나는 일이었다. 상대방의 무게중심이 흔들려 내가 끌려다니거나 몸이 갸우뚱거릴 일이 전혀 없기 때문이다. 파트너가 정확하게 몸을 사용하면 나를 안정적으로 리드하고 받쳐줄 수 있다. 사람 몸은 원래 따뜻해서 그 순간 온몸에 전기가 통하는 느낌까지 든다. 이인무에서 춤에 최적화된 체형을 지닌 파트너를 만난다는 건 굉장한 행운이다.

둥니 선생님은 라틴댄스를 출 때 무게중심이 낮아야 한다고 늘 강조했다. 발을 깊고 깊게, 아주 깊숙이 바닥 저 안쪽까지 밀어넣는 느낌으로 춰야 한다고. 그 정도로 쑥 파고드는 느낌으로 춰야 안정적으로 중심을 잡을 수 있다고 했다. 몸만 정확하게 사용하면 남자는 여자의 몸을 억지로 움직일 필요 없이 손으로 정확한 방향만 가리키면 되었다. 그럼 여자는 자연스럽게 아름다운 동작을 표현해낼 수 있었다. 여자가 억지로 자세를 취하지 않아도 되는 것이다.

몸으로 느껴지는 감각이 좋아서 그 순간 울고 싶은 마음이 들었다.

  십오 분도 안 되어서 메이신이 들어왔다. 나는 바로 손을 놓고 다른 쪽으로 갔다. 메이신이 미소를 지으며 남자의 손을 잡았다. 그전까지 무표정이었던 남자도 메이신을 리드하면서 연신 미소를 띠었다.

  샤오쌍은 본인이 잘못했다는 생각을 해본 적이 없을 정도로 자기애가 강한 사람이었다. 그 덕에 나는 안 좋은 습관이 생겼다. 샤오쌍이 자꾸 박자를 틀리니까 내가 정박보다 사분의 일 정도 빨리 박자를 세는 버릇이 들었다. 샤오쌍이 박자를 놓쳐도 우리가 정박에 춤을 출 수 있도록 하기 위해서였다. 결국 남자 역할이 해야 하는 리드를 내가 하는 지경에까지 이르렀다. 본능적으로 샤오쌍을 밀고 당기며 춤을 췄다. 그런 식으로 하다간 내 실력까지 형편없어진다는 걸, 안 좋은 습관이 모든 것을 망친다는 걸 알았지만 어쩔 수 없는 노릇이었다.

  댄스스포츠 커플의 이상적인 체형은 남자 키가 여자보다 십에서 십오 센티미터 큰 것이다. 그래야 언더 암 턴을 할 때도 딱딱 들어맞는다. 남자가 여자보다 키가 작거나 여자와 비슷하면 팔 아래쪽에서 여자를 빙그르 돌리는 동작인 언더 암 턴을 하기 어려운 게 사실이다. 나는 키가 백육십오 센티미터여서 굽이 칠 센티미터짜리인 댄스화를 신으면 백칠십 센티미터가 넘었다. 아마추어 단체반에서 그 정도로 키가 큰 남자를, 거기다 나를 마음에 들어 하고 나와 파트너를 하고 싶어하는 남자를 찾기란 하늘의 별 따기였다. 특히 스튜디오에 있는 남자 선수들은 그야말로 한창때여서 최상의 컨디션으로 임했고 열심히 해보려는 의지도 강했다. 다들 자기 점수를 높여줄 수 있는 상위권 파트너를 원하면 원했지 나를 파트너로 고려할 리 만무했다.

나는 지금처럼 흐느적흐느적 춤을 추면 제대로 된 몸매를 못 만들 텐데 그러면 같은 춤을 추더라도 표현에서 차이가 많이 나지 않겠느냐고 둥니 선생님에게 물었다. 몸이 탄탄하게 갖춰져 있지 않으면 어떤 춤을 추든 소용없는 짓일 터였다.

둥니 선생님은 내 머리를 쓰다듬었다.

"대부분 그 정도까지는 구분 못해. 거울 앞에서 본인이 틀린 곳을 찾아내는 것도 사실 쉬운 일은 아니니까. 다른 사람들이 모르면 상관없는 거지. 누군가 그런 걸 내 춤에서 찾아낸다면 그 사람은 대단한 인물이 될 수 있을 거야. 아니면 그냥 미쳐버리든가."

  진정한 나만의 파트너를 갖고 싶었다. 더 높이 올라가 춤의 본질로 정진하고 싶었다. 저 높이 다다라 춤의 정수를 만끽하고 싶었다. 그럴 수 있는 나만의 파트너를 간절히 원했다. 언제나 같이 연습하고 서로의 몸이 자연스러워져 오래오래 호흡을 맞출 수 있는 파트너를 너무나 찾고 싶었다.

3

 사촌오빠가 첫번째로 자살을 시도했을 때 엄마는 나를 데리고 병문안을 갔다.
 군대에서 휴가를 나온 어느 날, 욕실 문을 잠그고 뚫어뻥 세제를 마셨다고 했다. 다행히 병원으로 실려가 목숨은 건졌지만 식도가 타들어가 음식도 삼키지 못하고 말도 할 수 없었다. 회복하는 데 오랜 시간이 필요했고 의사가 대장을 일부 절제해 남아 있는 식도와 연결하겠다고 했다.
 사촌오빠를 보러 갔을 때는 식도 재건술이 끝난 뒤였다. 오빠는 아직 병원에서 회복중이었다.
 햇살이 따가운 여름날, 하늘은 파랗고 바람 한 점 없는 대

낮이었다. 나는 엄마와 함께 차를 타고 한참을 달렸다. 차가 흔들릴 때마다 사는 게 만만치 않다는 걸 어렴풋이 느꼈다.

이모는 병원 복도에서 우리를 맞이해 병실로 데리고 들어갔다. 사촌오빠와 이모는 둘 다 외모가 눈부셨다. 콧날도 오뚝하고, 눈에 쌍꺼풀도 지고, 얼굴도 작아 그야말로 연예인 얼굴이 따로 없었다. 다만 키가 큰 편은 아니었다.

우리 엄마도 눈이 매우 컸는데 외가 쪽 유전인 듯했다. 엄마는 늘 본인이 나서서 사촌오빠를 훈육해야 한다고 여겼다. 이모부가 일찍 돌아가신 탓인지 이모는 성격이 여렸다. 그 바람에 엄마는 잘못된 길로 들어선 조카를 언니 대신 좋은 방향으로 이끌어줘야 한다고 생각했다. 더군다나 잘생긴 조카가 어릴 때는 몇 날 며칠을 업어 키운 적도 있었다. 사촌오빠를 올바른 길로 이끌기 위해 엄마가 선택한 방법은 대화였다. 하지만 입만 열면 위로가 아닌 훈계 섞인 잔소리를 늘어놓았다. 삶의 의지를 상실한 아이에게 제대로 된 인생관을 심어주려는 듯 설교했다. 엄마는 성공 못 하는 것들은 노력이 부족하다고, 자살하는 것들도 강인함이 부족하고 의지가 박약한 것들이라고 열변을 토했다. 아니면 어떻게 같은 집에서 태어나 아버지가 일찍 돌아가신 것도 똑같은데 누구는 의대까지 가고 누구는 군인씩이나 되어가지고 자살 시도를 하느냐고 했다.

엄마는 말을 하면 할수록 흥이 나는지 조폭도 새 삶을 살 수 있고 개미나 땅강아지도 열심히 노력만 하면 무엇이든 할 수 있다는 식으로 이야기했다.

뚫어뻥 세제를 마신 사촌오빠는 말을 할 수 없었다. 엄마를 외면하고 있던 오빠의 시선은 창밖으로 향했다. 창가에 멋쩍게 서 있던 나는 엄마의 뒷모습 너머로 사촌오빠의 얼굴을 물끄러미 건너보다가 오빠와 시선이 마주쳤다.

사촌오빠가 엄마의 계속되는 일장 연설을 들은 척 만 척하자 엄마는 오빠의 관심과 공감을 이끌어내보려고 한층 더 과장되게 말을 이어갔다. 이모는 더이상 못 참겠는지 엄마가 어서 자리를 뜨도록 같이 음료수를 사러 가자고 했다.

병실에는 나와 사촌오빠만 남았다. 고개를 기울여 쳐다봤더니 오빠도 내 눈을 마주보았다.

나는 오빠 몸에 주렁주렁 달린 호스와 기계에도 아랑곳하지 않고 미소 지으며 말했다.

"이왕 살아난 거 그냥 쭉 살아봐. 상대하고 싶지 않은 족속 투성이긴 하지만. 나도 너무 싫어. 그래도 우리 살아내자, 같이 잘 살아보자고. 누가 또 알아? 언젠가는 그 인간들이 우리 눈치를 보면서 살게 될지."

사촌오빠가 샐쭉 웃었다. 눈이 가느다래지니 한층 더 잘생겨 보였다.

엄마와 이모가 들어오자 오빠 얼굴에 표정이 사라졌다.

며칠 뒤 이모에게 전화가 왔다. 사촌오빠가 아무도 만나려 하지 않는데 나는 보고 싶어한다고. 내가 하는 얘기는 듣고 싶어한다고 했다.

이모가 나를 병원으로 보내달라고 했다.

그러자 엄마가 흥분한 어조로 본인이 이틀에 한 번씩 가서 다독여주고 얘기도 나눠보겠다고 했다.

이모가 대꾸했다.

"아니야, 너는 오지 말래. 샤텐이 하는 말만 듣고 싶대."

엄마는 나를 병원에 보내지 않았다.

그뒤로 몇 번 엄마가 사촌오빠를 보러 갔지만 나는 따라오지 못하게 했다.

그 일이 있은 후로 사촌오빠를 만날 수 없었다. 이십여 년이 흐른 지금까지도 말이다.

사촌오빠는 몸이 회복되자마자 부대로 복귀했지만 군법에 따라 징계를 받았다.

나중에 안 사실이지만 사촌오빠가 다시 뚫어뻥 세제를 마셨다고 했다. 의사가 다시 식도 재건술을 해주었지만 지난번보다는 회복이 어려웠다.

엄마는 사촌오빠의 상태를 잘 알려주지 않았다. 오빠가 그 뒤로도 대부분의 군복무 기간을 병원에서 보냈다는 걸 대충 짐작만 할 수 있었다.

사촌오빠는 제대하고 또 뚫어뻥 세제를 마셨다고 했다. 이번이 세번째였다.

그래도 죽지는 않았다.

친척 모임에는 거의 나가지 않았다. 사실 이런 도시에서는 친척 모임을 하는 경우가 드물고 친척끼리 왕래도 많지 않다. 내가 모임에 나가지 않은 건 형식적인 통보만 받았기 때문이다. 사촌오빠와 연락이 끊긴 친척들은 다들 오빠가 사라진 걸로 간주하는 듯했다. 오빠의 누나인 사촌언니가 결혼하고 아이를 낳은 뒤로 이모는 사촌오빠와 둘이서만 살았다. 친척 중에도 사촌오빠가 지금 어떤 모습으로 어떤 얼굴로 살고 있는지 아는 사람이 아무도 없었다. 이 세상에서 증발해버린 건 아닌가 싶을 정도로 아무도 사촌오빠를 실제로 본 적이 없었다.

이따금 사촌오빠 생각이 날 때면 오빠의 예전 모습이 떠오른다. 내가 나이가 든 만큼 사촌오빠도 나이를 먹었을 테다. 수염을 기른 얼굴에 여전히 깡마른 체구이지 않을까 짐작해보기도 한다.

 나이를 먹는 것도 사실 그리 나쁘지만은 않다. 요즘 들어서는 과거의 터널에 산재되어 있는 아무런 연관성 없는 자잘한 것 하나하나까지 서로 엮어가면서 조각난 기억들을 되불러 모으곤 한다. 나이를 먹음에 따라 그런 사소한 것들이 이제껏 이해되지 않던 수수께끼의 단서가 된다는 사실도 문득 깨닫는다. 내 삶의 수수께끼를 파헤쳐나가는 건 과연 좋은 일일까? 곰곰이 생각해봐도 꼭 그럴 필요까지는 없는 것 같다. 그래도 어느 정도 이해해보는 건 괜찮은 일이라고 생각한다. '이해'가 되었다고 해서 즐겁기만 한 건 아닐 테지만, 생채기가 더 심하게 날 수도 있을 테지만, 그 상처가 나한테만, 우리 가족에게만 해당되는 건 아닐 것이다. 인류의 핏속을 흐르는, 한 인간의 흥망성쇠에 관한 것일 테다.
 자세히 알게 되면 애통할 수도 있겠지만 그 안에 팽팽하게 부풀어 있던 무언가가 인생길을 걷다보면 조금은 느슨해질 수도 있지 않을까.

낡은 흑백사진 속 엄마는 눈부실 정도로 아름다웠다. 머리를 뒤로 빗어 넘기고 하얀 정장을 입은 소녀는 환히 빛나는 얼굴로 의자에 다리를 꼬고 앉아 바이올린과 활을 든 손을 다리 위에 살짝 올려놓았다. 바이올린 연주회 전에 촬영기사가 집으로 와서 찍어준 사진이었다. 나는 한 번도 본 적이 없고, 내가 끼어들 수도 없는 시절, 아름다움으로 가득차 엄마가 자랑스러워하는 엄마의 소녀 시절이 담긴 사진이었다.

엄마가 평생 소녀였다면 좋았을 텐데. 이차 성징이 일어나 생식력을 갖춘 여자로 자라나지 않았다면 좋았을 텐데. 이 세상 모든 인간에게 이차 성징이 일어나지 않아 하나같이 다 생식력이 없다면 얼마나 좋을까. 그럼 나도 행복하고 엄마도 행복했을 텐데. 그러면 나도 사랑받을 수 있었을 텐데.

엄마가 나를 데리고 병원에 검사를 받으러 갔다. 마른 체구였던 나는 어릴 적부터 기침이 끊이지 않고 비염 증세도 심했다. 의사가 폐 쪽에 이상이 있는지 엑스레이를 찍어보자고 했다. 내 차례가 되자 검사원이 상의를 벗고 검사복으로 갈아입으라고 안내했다.

검사복을 들고 탈의실로 들어가려는데 엄마가 다가왔다.

"뭐 하니?"

"옷 갈아입으려고. 위에 다 벗고 검사복만 입으래. 내 번호 부르면 옆방에 들어가서 엑스레이 찍어야 한다고."

"옷을 다 벗는다고?"

"응."

"브래지어는 벗으면 안 돼. 벗지 마."

"검사하는 사람이 브래지어도 하지 말라는대? 검사복만 걸치라고 했어."

"안 된다니까. 사람들 앞에서 속옷을 벗고 있는 게 그리 좋으니?"

무슨 말인지 잘 이해가 되지 않았다. 난감했다. 결국 엄마 말대로 브래지어를 하고 그 위에 검사복을 입었다. 엑스레이실에 들어가 자리에 서니까 반대편 방에 있던 검사원이 마이크에 대고 말했다.

"안에 속옷 입었어요?"

민망해서 얼굴이 빨개진 나는 고개를 끄덕였다.

"탈의실로 가서 속옷 벗고 오세요."

검사실에서 나오는데 밖에서 기다리던 엄마가 다 찍었냐고 물었다.

고개를 저으며 검사하는 사람이 브래지어를 벗어야 찍을

수 있다고 안 그러면 찍을 수 없다고 말했다고 답했다.

　엄마의 얼굴이 차갑게 굳었다.

　얼른 탈의실로 들어가 브래지어를 벗고 검사복을 입고는 검사실로 뛰어들어갔다.

　엄마가 내 몸을 혐오하면서도 점유하고 싶어한다는 직감이 들었다.

　엄마에게 내 몸은 무슨 의미였을까? 그건 바로 내 성별이었다. 그리고 엄마에게 내 성별의 유일한 의미는 성(性)이었다.

　내 몸이 건강한지는 중요하지 않았다. 내 몸이 영혼을 담고 다니는 존재인지는 상관이 없었다. 적어도 엄마는 상관하지 않았다. 그렇다고 그런 엄마를 탓할 수는 없는 노릇이다. 그 뒤로 인생에서 만난 이들 역시 대개 그런 것을 신경쓰지 않았기 때문이다.

　엄마가 그랬듯이 사람들 대다수는 내 존재의 의미를 성별로만 인식했다.

　밥할 줄 아는 남자를 이상형으로 꼽았던 때가 있다. 밥 먹으러 가서 하나하나 떠먹여주는 남자를 좋아하기도 했다. 삶을 생기 있게 살아가려면 영양을 공급해주는 것뿐만이 아니라 다정함과 끊이지 않는 애정이 필요하다고 생각했다. 반면 성적인 것은 모두 폭력이자 통제라고 여겼다.

 밥 먹는 걸 끔찍하게 싫어했던 적이 있다. 엄마는 내 밥을 차려주느라 본인 인생이 잡아먹히고 있다고 생각했다. 부엌에서 요리를 하고 있으면 화가 나는 듯했다. 그래서인지 상을 차리자마자 빨리 와서 먹어치우라고 닦달했다. 수다도 떨고 텔레비전도 보면서 먹고 싶었지만 그러면 엄마는 화를 냈다. 닥치고 밥이나 먹으라는 소리를 들어야 끝이 났다. 하지만 빨리 먹으라는, 엄마의 시간을 잡아먹지 말라는 말과 대비되게 반복하는 레퍼토리도 있었다. 어떻게 된 게, 밥하는 데 인생을 쏟아붓다시피하면서 고생고생해서 한끼를 차리는데, 딸년은 이십 분이면 다 먹어치운다고. 배가 지나가도 물에는 흔적이 남지 않는 것처럼 본인의 노력이 내 똥오줌으로 바뀌어버리고 만다는 논리를 펼쳤다.
 '똑똑한 여자는 부엌에 들어가지 않는다.' 귀가 따갑도록 엄마한테 들어온 말이다.

 날이 갈수록 상황은 심해졌다. 삶이 힘들고 고통스러웠다.

엄마는 하루가 멀다 하고 야단을 쳤고 나는 하루종일 정신이 몽롱한 상태로 다녔다. 한참을 울다 등교를 하다보니 학교에서도 온종일 정신이 없었다. 학교가 끝나고 돌아오면 엄마한테 또 한차례 혼이 나고, 시도 때도 없이 시달리기 일쑤였다. 그게 아닌 날은 내 방 가구들의 위치가 바뀌어 있었다. 책상이 침대 왼쪽에서 오른쪽으로 옮겨져 있거나 어느 날은 방에 있던 책장이 보이지 않기도 했다. 엄마가 내 욕조를 막아놓느라 책장을 욕조 위에 올려놓고 책은 변기 옆에 놓았던 것이다. 또 어떤 때는 서랍에 들어 있던 공책을 전부 뒤져 꺼내놓거나 옷장 앞에 붙어 있는 큰 거울을 침대 정면으로 옮겨놓았다. 거울에 내 모습이 비치면 화들짝 놀라 밤마다 잠을 설쳤다. 매일 집으로 가는 길은 긴장의 연속이었다. 오늘은 또 무슨 일이 벌어질지 조마조마했고 엄마에게 욕을 먹거나 구조가 바뀐 내 방을 대면해야 했다. 평온할 수 없는 인생이었다.

나중에는 엄마가 다가와 입을 열려고만 해도 비명을 질러댔다. 아버지에게 따귀를 맞을 정도로.

하루는 학교에서 돌아와 현관문을 열자마자 엄마가 입을 뻥긋하는 모습이 보였다. 엘리베이터 앞에 선 채로 옆집에

다 들릴 만큼 날카롭게 소리질렀다. 엄마가 화를 내며 나를 집안으로 끌고 들어갔다. 엄마는 집안 망신시킬 일 있냐며 악다구니를 썼다.

분노와 고통이 닥쳐왔다. 도대체 내 몸의 어디가 그렇게 추악하다는 건지 알 수 없었다. 점점 주눅이 들었고 한참을 울기도 했다. 집은 두려운 곳, 지옥의 구렁텅이였다. 엄마에게 물었다.

"왜 하루종일 내 방을 뒤지고 구조를 바꾸는 거야?"

"내 돈 들인 방인데 왜? 뒤지면 안 돼? 구조도 못 바꿀 게 뭐 있어? 내 마음이지."

저녁에 자러 들어가면 엄마가 따라 들어와 침대 옆에 앉은 채로 불만을 늘어놓았다. 내 복장이나 몸가짐, 그게 아니면 성적을 가지고 잔소리를 퍼부었고 웃는 얼굴을 트집잡을 때도 있었다.

온몸에 힘이 빠지고 머리는 멍해져 두통까지 오는 것 같았다.

"자고 일어나서 내일 아침에 얘기하면 안 돼? 아니면 자러 들어오기 전에 얘기하든가."

"엄마가 얼마나 바쁜데 네가 시간을 정해? 엄마가 몇 마디 하면 어때서? 내가 언제 못 자게 했니? 얘기 끝나고 자면 되잖아."

 늘 불안하고 잠도 제대로 잘 수 없던 사춘기 시절은 영원히 기억하고 싶지 않다. 대학에 들어가자마자 엄마가 장문의 편지를 베개 위에 올려놓았다. 지금까지 나를 키우느라 돈이 얼마나 많이 들었는 줄 아느냐가 주된 내용이었다. 나 때문에 실망도 많이 하고 고통스럽기도 했지만 엄마니까 지난 일은 다 털어버리겠다고 했다. 내 미래를 위해 처녀막 재생 수술을 예약해놓았다는 말도 있었다. 새로운 사람으로 거듭나서 앞날을 잘 꾸려나가길 바란다고, 엄마의 한없는 사랑과 기대를 느낄 수 있을 거라고도 덧붙였다.

 나는 편지를 읽으며 흐느끼다가 이내 소리 내어 울기 시작했다. 그길로 한밤중에 집을 뛰쳐나왔다.

 밖에서 한참을 배회하다가 친한 친구네 침대 옆 바닥에서 하룻밤을 잤다. 집에 돌아오니 엄마는 아버지와 함께 아침을 먹고 있었다. 아버지에게 엄마가 쓴 편지를 보여주며 따질 생각으로 편지를 가지러 방에 들어갔지만 편지는 어디에도 없었다.

 아버지가 잡지를 가지러 내 방에 들어왔을 때 엄마가 어깨 너머로 의기양양하게 말했다. 편지를 불살라버렸다고.

"편지 가지고 협박할 생각은 꿈도 꾸지 마. 별것도 아닌 걸로."

아버지가 식탁으로 가자 엄마는 쟤가 밤새 어디서 굴러먹다가 이제야 들어온 건지 모르겠다고 구시렁거렸다. 또 따귀를 맞을까봐 방구석으로 몸을 피한 순간 엄마 목소리가 들렸다.

"샤텐은 이제 거의 팔십 퍼센트는 남자나 마찬가지야."

두 다리를 쫙 벌리고 다리 사이에 있는 검은 구멍을 살살 문질러보았다. 아직 남자 경험이 없는 '깨끗한 여자'였지만 닳을 대로 닳은 여자가 된 기분이었다. 검은 구멍이 죄악의 심연인 것일까? 어쩌다가 엄마 눈에 그런 사람이 된 걸까?

하도 괴로운 나머지 아버지를 찾아간 적도 있었다. 아버지는 무심한 사람이었다. 회사일로 바쁘기도 했지만 꼭 일이 아니더라도 자신만의 세계가 중요한 사람이었다. 그 세계를 침입하는 자에게는 단호하고 냉정했다. 말이 없는 편이지만 방해를 받는다 싶으면 꾹 참기도 했고 바로 자리를 뜨기도 했다. 정 안 되겠다 싶으면 버럭 화를 냈는데 집에서는 물론 밖에서도 그랬다.

절망에 빠진 나는 아버지에게 따귀를 맞을지 모른다는 두려움에도 울면서 애원했다.

"제발요, 제발. 제발 그런 식으로 대하지 말라고 해주세요."

아버지는 언짢아 보였다.

"누구 말하는 거냐?"

순간 말문이 막혀 숨이 헐떡거릴 때까지 한참을 울었다.

아버지는 부들부들 떨며 우는 나를 쳐다보다가 입을 뗐다.

"여자들 일은 여자들끼리 해결해."

아버지가 완전히 모른 척한 건 아니었다. 몇 주가 지나고 할말이 있다며 아버지가 말을 걸어왔다. 굉장히 이성적인 톤이었지만 그게 또 아버지의 스타일이었다.

"독립하는 걸 반대하지는 않지만 이사 비용은 대줄 수 없어. 매달 주는 용돈도 끊지는 않겠지만 올려주지도 않을 거고. 그래도 집을 구해서 나가겠다면 그렇게 해라."

용건이 끝나자 아버지는 바로 자리에서 일어났다.

집세가 어느 정도 하는지 궁금한 마음에 지방에서 올라와 자취를 하고 있는 같은 반 친구에게 물어봤다. 내 능력으로는 도저히 불가능한 금액이었다. 일개 고등학생이 독립할 수 있는 가능성은 전무했다. 또다시 눈물의 하루하루가 반복되었다. 등하굣길은 언제나 멍한 상태였고 나를 지옥에서 꺼내 줄 이는 세상 어디에도 없었다. 게다가 난 도와줄 필요가 전혀 없어 보이는 아이였다. 피아노 레슨도 받고 미술학원도 다니고 얼굴도 예쁘장한데다 고급스러운 옷을 입고 다녔기 때문이다. 가만히 앉아만 있으면 누구든 호감을 가질 만했고, 내 실상을 말한들 아무도 믿지 않을 터였다.

몸도 커지고 머리도 키진 어느 날이었다.

일요일 아침, 한달음에 달려들어 엄마를 마구 때렸다. 엄마를 밀치고 주먹으로 때리고 발로 걷어찼다.

깜짝 놀라 눈이 휘둥그레진 엄마는 분통이 터지는지 목놓아 크게 울었다.

"그럴 줄 알았어. 허구한 날 밖에서 뭐 하고 돌아다닌 거냐? 마약 한 거 맞지?"

너무 어이가 없어서 웃음이 터져나왔다. 하도 웃어서 얼굴 근육이 뻐근할 정도였다. 내가 또다시 덤벼들자 엄마가 손을 뻗어 막았다.

이번에는 집밖으로 뛰쳐나가지 않았다.

그날 밤 아버지가 어서 엄마에게 잘못했다고 빌라면서, 너

같은 것도 인간이냐, 아무리 그래도 어떻게 엄마를 때릴 수가 있냐고 무섭게 화를 냈다.

담담하게 엄마한테 다가간 나는 차갑게 말했다.

"미안해."

그러곤 깔깔대며 웃다가 자리를 떴다.

그 일이 있은 후 몇 년 동안 반항도 하고 혼나기도 하면서 집을 나갔다가 돌아오는 일이 계속 이어졌다. 살고 싶은 간절함과 견딜 수 없는 죄책감, 심각한 결핍과 자신감 상실에 반복해서 집을 나갔다가 돌아왔다. 그러던 어느 날 집을 떠날 수 있는 능력이 생기자 정말 집을 나와버렸다.

요즘도 첫 생리를 시작한 날이 꿈에 나온다.

중학교 일학년 때 비가 오는데 우산을 챙겨 오지 않아 수업이 끝나고 비를 맞으며 집으로 가던 길이었다.

걷다가 울컥 오줌이 나온 것 같은 느낌이 들었다. 곧이어 오줌은 아닌 것 같은 뭔가가 한꺼번에 콸콸 쏟아져나와 속옷을 적셨다. 그래도 확실치는 않았다. 오줌은 마렵지 않았지만 속옷까지 비에 쫄딱 젖어 있는 상태였다.

뒤에서 오던 같은 반 여자애들 몇몇이 수군거려서 뒤를 돌아봤더니 말을 멈췄다. 개중 동그란 눈에 안경을 쓴 애가 내

치마를 가리키며 무슨 말을 하려다 말았다.

비가 많이 와서 그런 거겠지 싶어 그냥 웃어넘긴 채 고개를 돌려 다시 내 갈 길을 갔다.

집에 왔는데 오줌 같기도, 아닌 것 같기도 한 이상한 느낌을 참을 수 없어서 화장실로 들어가 변기에 앉았다.

비에 흠뻑 젖은 짙푸른 주름치마를 벗어 내렸더니 치마가 바닥에 흘러내려 자글자글 주름이 졌다. 치마에서 연한 갈색 물이 흘러내리고 있었다. 다 젖은 속옷에도 갈색 얼룩이 묻어 있었다.

대체 이게 뭐지? 오줌은 아닌 것 같아 몸을 일으켰다. 변기 물이 선홍빛으로 물들어 있었다. 완전히 일어선 순간 새빨간 무언가가 허벅지를 타고 주르륵 흘러내리더니 하얀 타일 바닥에 눅진한 웅덩이가 생겼다.

문득 깨달았다. 드디어 시작했다는 걸. 그날이 왔다는 걸.

4

 어느 날 스튜디오에 귓속말이 넘실거렸다. 선수들과 일반 수강생들이 서로의 귀에 입을 대고 소곤거리고 있었다. 걱정이 많은 사람이나 남 얘기하길 좋아하는 사람들이 일주일 전 댄스 대회에서 선수들끼리 치고받고 싸운 사건을 두고 이러쿵저러쿵하는 소리였다.
 공간이 꽤 큰 편인 스튜디오에는 파벌이 여러 개 있었다. 스튜디오를 세운 원장과 원장의 대표적인 제자들이 모두 여기서 레슨을 하고 있었고, 다들 댄스계에서 알아주는 인물들이었다. 스튜디오가 댄스 대회의 주최 측으로 나서면 으레 선배들에게 인사를 다니기도 하고 다른 파벌과 담합을 하기도 했다. 다른 파벌을 초청하는 식으로 그 밑의 엘리트 선수들을 참가시켰다. 이로써 대회의 근본을 세우고 볼거리를 늘리고 신뢰도를 높였다. 다소 이상한 대회들이 있다는 건 나도 들어본 적이 있다. 어떤 스튜디오의 선수들은 그런 대회에 참가하지 않겠다고 단체 보이콧을 하기도 했다. 배후에 무언가 내막이 있거나, 대회 수준이 높지 않기 때문이었다. 그런 대회에 나가서 아무리 잘해봐야 소용없다는 식이었다.

사람들의 입방아에 오르내린 이들은 우리 스튜디오의 선수들이었다. 일주일 전 다른 도시에서 열린 댄스 대회에 참가한 게 화근이었다. 업계 최대 규모는 아니지만 잘 나가는 파벌이 세계 정상급 선수들을 모시고 온 글로벌 규모의 대회였다. 그런 대회는 보통 큰 호텔이나 대형 체육관에서 열리기 마련이지만 이번에는 구청에서 지원해준 규모가 작은 대회였다. 둥니 선생님이 속한 스튜디오의 선수들이 많이 참가한 건 아니었다. 개최지가 멀어서 금방 지칠 게 뻔하고 딱 봐도 주최 측이 그리 대단한 곳은 아니었기 때문이다. 그럼에도 몇몇은 경험도 쌓을 겸 먼길을 마다하지 않고 대회에 참가했다.

대회 당일 예선전부터 선수들이 심사위원의 수준이 눈에

띄게 낮은데다 현지 선수에게 유리하도록 편파 판정을 하고 있다는 불만을 토로하기 시작했다. 대회 전날 밤부터 선수들을 데리고 와 호텔에서 묵으며 훈련까지 시킨 코치는 그제야 프로선수 출신이 아닌 심사위원이 많다는 걸, 심지어는 그 지역의 헬스장 트레이너나 체육 위원회 행정 담당자까지 심사위원에 포진되어 있다는 걸 알아차렸다.

전국 대회에서 좋은 성적을 거둔 유망한 선수를 제치고, 그 지역의 스튜디오를 다니는 실력 없는 참가자가 높은 점수를 땄다. 이들은 당연하게도 그 지역의 특정 몇몇 스튜디오 수강생들이었다. 다른 도시에서 열리는 대회에 참가하려고 부랴부랴 달려온 선수들이 자신들은 이용당했다는 걸, 내정자의 들러리 신세가 되기 위해 돈만 버렸다는 걸 알게 되자 대회장은 난장판이 되었다.

한 코치는 화를 참지 못하고 욕을 퍼부었다. 선수가 되려면 적어도 천 시간 이상의 연습이 필요한데 엉터리 판정으로 몇천 위안*만 내면 상을 타갈 수 있는 거냐며 따졌다.

해당 코치는 주최 측에 거세게 항의했다. 그러다 분노가 쌓인 젊은 선수들 사이에서 치고받는 몸싸움이 일어났고 결

---

* 타이완의 화폐단위, 천 위안은 한화 사만 오천 원 상당이다.

국에는 패싸움으로까지 번졌다.

우리 스튜디오의 코치는 아무 말도 하지 않은 채 소속 선수들이 편파 판정의 피해를 볼까 봐 대회 중간에 선수들을 데리고 나와버렸다.

자주 일어나는 일이냐고 둥니 선생님에게 물었다.

선생님은 대회가 열린다고 하면 신입 선수가 선배들에게 인사를 하러 다니거나 서로들 내정자가 있으니 누구누구 좀 잘 봐달라고 미리 말해놓는다거나 하는 일이 종종 있으니 전혀 없지는 않다고 했다. 하지만 그것도 내정된 선수가 유망주이고 규모가 좀 되는 스튜디오끼리 무림 파벌처럼 서로 속속들이 상황을 알고 있는 경우지 경연장에서 싸움까지 일어난 건 듣도 보도 못한 일이라고 덧붙였다.

선생님은 어깨를 으쓱해 보이며 별것도 아닌데 뭘 그리 놀라냐고 생각하는 눈치였다.

선생님은 타이완만 그런 게 아니라고 얘기해주었다.

"영국 블랙풀 대회에는 파벌이 없을 것 같지? 거기는 자기 파벌인 제자를 밀어주는 심사위원이 없을 것 같고? 사실 블랙풀에도 다 있어. 잘나가는 코치들이 그런 중요한 제자를 맡아 키우는 거고 그런 애들이 대회에 나가면 떠오르는 별,

일명 '시드 선수'가 되는 거지. 까놓고 말하면 걔네들 말고는 대부분 그저 세계 각국에서 온, 머릿수를 채우러 온 들러리들인 거야."

"그럼 선생님은 그렇게 힘들게 모은 돈으로 왜 매년 블랙풀에 나가려는 거예요?"

"파벌이 많은 건 알지만 그렇다고 나 같은 사람들이 참가할 수 없는 건 아니니까. 나한테 춤 말고 다른 선택지가 있는 것도 아니고."

선생님은 파트너와 블랙풀에 서는 게 인생의 목표라면서 댄서니까 뭐라도 춰서 전 세계에 보여주고 싶은 마음이라고 했다.

"대회가 열리면 수백 팀의 서양 선수들이 출전하잖아. 우리같이 왜소한 타이완 선수들이 외국인들 사이에 껴서 죽을힘을 다해 발버둥치며 등이 땀으로 흠뻑 젖을 만큼 최선을 다해도 서양 선수들 배꼽이나 가슴 높이에서 손짓이나 하는 정도니 점수는 말할 것도 없지. 우리 같은 도토리들이 아무리 열심히 춰봐야 심사위원은 우리가 어디 숨어 있는지도 모른다고."

둥니 선생님은 같이 블랙풀에서 경험을 쌓으며 성장할 수 있는 최상의 파트너가 즈언이라고 생각했다. 어릴 때는 발레를 하다가 대학을 체육학과로 들어간 즈언은 예쁜 얼굴에 가느다란 팔다리, 탄탄한 근육질 몸매가 돋보였다. 선생님의 제자였다가 파트너가 된 케이스였다.

여느 때처럼 웃고 떠들면서 비뚤어진 자세도 바로잡으며 개인 레슨을 받고 있을 때 건강미 넘치는 즈언이 가방을 멘 채 스튜디오로 들어왔다. 내 수업이 끝나면 둥니 선생님과 소규모 대회 준비를 위한 연습을 하기로 되어 있었다.

선생님의 시선은 내 수업중에도 즈언에게 가 있었다. 즈언이 뭘 하고 있는지를 멀리서 계속 눈으로 따라다녔다. 즈언이 바람막이 재킷을 벗은 다음 샌드위치를 꺼내들고 누구랑 대화를 하다가 상대방의 머리를 톡톡 치는 장면을. 선생님의 표정은 질투를 느끼는 이성애자 남자 같았다. 그러다 끝마칠 시간이 되니 선생님은 뒤도 돌아보지 않고, 거의 즈언에게 뛰어가다시피 했다. 그러곤 즈언 앞에 무릎을 꿇었는데 그 모습이 연인에게 구애하는 것처럼 보이기도 했다. 평소 친구처럼 나를 대할 때와는 완전히 다른 모습이었다.

선생님은 완전히 꿇어앉기 직전에 몸을 일으켜 커피머신 쪽으로 향하더니 재빨리 커피를 내려서 즈언에게 가져다주었다.

즈언은 다른 사람과 장난을 치다가 선생님이 건넨 커피를 한 모금 마시고는 뜨거워서 못 마시겠다고 했다. 선생님은 얼른 커피를 받아들어 즈언의 입술이 닿은 부분으로 살짝 마셔보고 커피가 좀 식자 다시 즈언에게 건넸다. 두 사람이 같은 잔으로 마신 셈이었다.

수다를 떨며 옷매무새를 가다듬던 즈언이 고개를 숙여 하이힐 골드 댄스화를 내려다보았다. 구두끈이 구멍에 제대로 끼워지지 않은 것 같았다. 순간 선생님이 즈언의 손을 툭 치더니 가만가만 구두끈을 정리해주었다. 곧이어 나는 선생님이 즈언의 종아리를 들어 자신의 허벅지 위에 올려놓은 채 신발을 제대로 신겨주고 끈도 다시 잘 매주는 걸 보았다.

선생님은 즈언과 같이 춤을 출 수만 있다면 본인이 할 수 있는 모든 걸 다 해주고 싶어했다.

선생님의 꿈은 파트너가 있어야 가능했다. 혼자만의 노력으로는 불가능한 일이었다.

그 상황이 이해가 갔다.

나도 별반 다르지 않았다. 댄스스포츠는 파트너가 있어야 할 수 있고 나만의 노력만으로는 이룰 수 없는 꿈이다.

둥니 선생님 입장에서 즈언의 키가 너무 큰 건 사실이었다. 팔다리가 기다란 즈언의 춤은 얇게 쭉쭉 펴지는 액체 상태의 금속이 우아하게 유영하는 모습 같았다. 선생님은 그런 아름다움에 잘 어울리도록 본인의 댄스 방식을 가다듬었다. 근육량과 중량감을 늘려 두 사람이 호흡을 맞추면 멋들어지면서도 안정감 있는 두 가지 특징이 동시에 나타나도록 했다. 두 사람에게는 비슷한 점도 있었다. 속도감도 있고 역량도 충분한 덕에 빠르고 폭발적인 힘을 필요로 하는 춤을 출 때 나오는 열정과 에너지가 입이 떡 벌어질 정도로 대단했다. 춤사위 또한 매우 화려했다. 두 사람이 막 파트너가 되었을 때는 댄스스포츠계에서 가장 주목받는 커플이었다. 파트너가 된 뒤로 큰 대회에 출전할 때마다 전보다 훨씬 높은 점수를 받았고 작은 대회에서는 상을 거의 휩쓸었다.

이듬해에는 블랙풀에 입성할 생각이었던 선생님은 내심 즈언과 같이 가고 싶어했다.

"난 현금이 좋아, 현금."

선생님이 나를 향해 웃으며 진심을 담아 말했다. 신나 보였다.

선생님은 낮이면 제약회사 법무 팀으로 출근했고, 퇴근하고 난 저녁때나 출근을 하지 않는 주말이면 악착같이 레슨을 열었다. 심지어 짬이 날 땐 댄스복 제작사에서 댄스복 디자인을 도와주기도 했다. 수업할 때는 내 눈에도 보일 만큼 활기가 넘쳤다. 부잣집 마나님의 눈치를 보면서도 댄서의 자존심만은 잃지 않았고 나 같은 평범한 수강생들에게도 열과 성을 다했다. 꿈과 열정을 품고 살면서도 세상 물정에 밝았다. 먹는 것도 아껴가면서 돈을 모았고, 필요한 물건도 비싼 걸로는 사지 않았다. 해외 경연도 출전하고 외국 선수와 함께 대가에게 레슨도 받으려면 많은 돈이 필요했다.

내 한 달 레슨비는 부잣집 마나님들의 일주일 치 레슨비에도 한참 못 미쳤지만, 선생님은 나를 소홀히 대하지 않았다. 존경스러웠다.

즈언과 선생님이 커플이었을 때, 즈언을 붙잡아두기 위해 선생님은 교통비부터 댄스복 구매까지 필요한 경비를 전부 부담했다. 대가에게 레슨을 받을 때는 즈언의 수업료까지 선생님이 대신 내주었다. 공연으로 생기는 부수입도 전부 즈언에게 넘겼다. 즈언이 계속 춤을 추기를—계속 선생님과 추기를—바라는 마음에서였다. 그래야 선생님도 계속 춤을 출 수 있었다. 선생님은 해마다 블랙풀에 참가해 전 세계 정상급 선수들과 겨루어보고 댄스계에서 두각을 드러내고 싶다고도 말했다. 즈언과 고정 파트너가 되면서 선생님은 결혼까지 염두에 두고 있었다. 그러고 싶어했다. 부부가 되어 해외 경연에 같이 출전한다면 일이든 여행이든 훨씬 편할 터였다.

"처음부터 연인은 아니어도 오래 호흡을 맞추다보면 계속 함께하게 되는데 그때 서로를 묶어놓을 수 있는 가장 간단한 방법이 결혼이야. 다들 그렇게 하고 있고. 즈언하고 잘 일도 없고 아이도 낳을 수 없겠지만 이성애자 남자가 해줄 수 있는 그 외의 다른 것들, 남자로서 여자를 케어해줄 수 있는 것들은 나도 다 해줄 수 있어. 즈언이 다른 사람과 연애도 했으면 좋겠고. 춤에 방해만 되지 않는다면 말이야."

좋은 파트너가 있어야만 블랙풀에서 빛을 발할 수 있다. 규칙이 그렇게 정해져 있으니까.

나는 연습에 박차를 가했다. 둥니 선생님이 CD로 구워준, 유명한 선수가 기본 스텝을 가르쳐주는 영상을 매일 저녁 챙겨 보았다. 기본이 되는 동작일수록 피나는 노력이 필요했다. 가장 도움이 되었던 건 러시아 슬라빅 크라이클리비* 선수의 룸바 기본 스텝 영상이었다. 설명이 매우 명확하고 깔

---

* 세계 댄스스포츠 연맹(WDSF)에서 주최한 월드 라틴 선수권 대회의 2000년도 챔피언.

끔했다. 그대로 따라 하며 연습했더니 선생님이 어떻게 갑자기 실력이 확 늘었느냐며 놀라워했다. 슬라빅이 진짜 잘 가르치더라고 말하자 선생님은 '흥' 하고 콧방귀를 뀌었다.

"너한테는 그렇게 스텝을 하나하나 기계적으로 알려주는 교수법이 필요했구나."

나는 혀를 내밀며, 질투하는 선생님의 표정을 따라 했다. 집에서 혼자 연습에 몰두하다가 하늘이 살짝 밝아져오는 걸 보고 그제야 영상을 끈 다음 부랴부랴 잠자리에 든 적도 여러 번이었다. 꽤 만족스러운 하루였다.

둥니 선생님과 싱가폴에서 열리는 세계 댄스스포츠 대회에 출전하기로 했다. 대회는 프로와 아마추어 부문으로 나뉘었다. 아마추어 부문이라 해서 아마추어 선수만 나오는 줄 알면 오산이다. 프로선수만 참가하는 대회니까. 사사한 선생이 누구인지, 그리고 앞으로의 전략이 어떤지에 따라 어느 부문으로 갈지 크게 두 갈래로 나누어놓은 것뿐이다.

우리는 세계 정상급 선수들의 경연을 현장에서 직접 보고 싶었다. 컴퓨터 앞에서 영상으로만 보던 장면을 코앞에서 춤선까지 제대로 살펴볼 수 있는 기회였다. 둥니 선생님은 대회를 직관하는 게 가장 효과적인 학습법이라고 했다.

선생님의 일 처리는 빠르고 정확했다. 곧바로 인터넷에서 호텔과 항공권을 예약하고 이박 삼일간의 모든 일정을 다 짜 놓았다. 대회 참관 티켓 예매도 일사천리였다. 대회 참관이 주목적이었으므로 우리 일정은 짧고 간단했다. 며칠 더 머무를 생각도, 놀다 올 생각도 없었다.

둥니 선생님의 스승도 댄스스포츠 스튜디오를 운영하고 있었다. 둥니 선생님이 여학생과 같이 대회를 보러 해외에 나간다는 사실을 알고는 스승이 이렇게 물었다고 한다.

"우리 규정대로 하는 거야? 그 나이대 여자애가 무슨 돈이 그렇게 많대? 아니면 둘이 사귀기라도 해?"

나는 고개를 갸웃거렸다.

"우리 규정이요?"

"이 바닥에서 통용되는 관례 같은 거야. 우리 사이에는 그런 거 필요 없어. 내가 레슨으로 먹고사는 사람은 아니니까 그런 규정 같은 것도 필요 없지."

"뭔지 말해줘요."

나는 알려달라고 끝까지 고집을 부렸다.

알고 보니 스승과 제자가 같이 해외에 나가 대회를 참관하거나 레슨을 받을 경우 제자가 모든 비용을 부담하는 관례였다. 각종 식비나 교통비, 숙박비까지 전부 학생이 내는 식이었다. 극성스런 이들은 선생에게 봉투를 건네기도 한다고 했다. 선생이 시간을 따로 내어 레슨을 더 해주는 거나 마찬가지이기 때문이다. 둘이 파트너가 되어 공연을 하거나 크고 작은 대회에 함께 출전할 때도 학생이 선생 몫의 경비를 다 대야 한다. 선생이 대회에 같이 나가주는 것이기에 그 부분은 또 따로 봉투를 준비한다.

아, 그렇구나, 놀라웠다. 그렇게 치면 댄스스포츠의 문턱이 굉장히 높은 거였구나. 남녀 한 쌍이 한 조를 이루어야 하는 규정 탓에 외톨이 댄서가 괴로운 건 당연했지만 돈 없는 댄서에게도 댄스스포츠는 녹록지 않은 세계였다.

"걱정 마."

선생님은 내 머리를 쓰다듬었다.

"친구라고 말했어. 이번에도 친구끼리 여행가는 거나 마찬가지이니 비용은 각자 낸다고. 무슨 제자가 스승을 모시고 출타하는 식이 아니라고."

우리는 호텔로 들어가 경연이 열리는 장소를 찾았다. 테이블이 무대를 에워싸고 쪼르륵 배치되어 있었다. 관객들이 음식을 먹으며 눈앞에서 경연을 볼 수 있는 구조였고, 우리 자리는 선수들의 땀방울이나 근육의 생김새까지 들여다볼 수 있었다. 순간 가슴이 뛰고 피가 끓어올랐다. 자리에 앉은 선생님은 어린 여학생처럼 설레 하더니 날씬하고 우아해 보이는 백인 여자에게 불쑥 말을 걸었다. 무례한 건 아닐까 걱정될 정도로, 적극적으로 대화를 이끌어나갔다.

선생님은 백인 여자와 한참 동안 이야기를 나누더니 내 귀에 대고 흥분한 어조로 저 여자가 라트비아 선수의 어머니라고 소곤거렸다. 아마추어 부문에서 삼위를 차지한 젊고 잘생긴 자기 아들이 잠시 뒤 무대에 등장할 거라고, 댄스스포츠를 계속할 생각이지만 내년에는 대학에 들어가 법학을 전공할 거라고 백인 여자가 선생님에게 귀띔한 말을 전해들었다.

나는 아름다운 백인 여자와 세계 삼위인 그 아들의 이야기에 관심이 없었다. 기억나는 건 막 자리에 앉았을 때 그 백인 여자가 내 검은 드레스의 깊게 파인 등을 훑어보던 눈빛뿐이다.

댄서들이 무대에 오르자 내 머릿속에선 백인 여자도, 둥니 선생님의 존재도 까맣게 잊혔다.

화려한 춤사위와 열정적인 무대만 눈에 들어왔다. 다채로운 인종의 아름다운 댄서들이 한 쌍을 이루어 이를 악문 채 살기등등한 눈으로 서로를 휘감고 껴안으며 사랑과 증오가 뒤섞인 감정을 발산했다. 단번에 상대를 잡아먹어버릴 듯하다가도 순간 페스티벌 행진을 하듯 발랄하고 상큼한 퍼포먼스를 선보였다. 그러다 또 천진무구한 두 사람이 별이 노니는 밤하늘을 올려다보는 장면도 연출했다. 짙은 화장에 노출이 많은 의상을 입고 태닝한 피부에 반짝이는 금가루를 뿌린 댄서들의 얼굴과 몸에는 방울꽃이 조명에 반사되어 알알이 빛났는데, 자세히 보니 댄스복이 땀으로 흠뻑 젖어 있었다.

댄스에 문외한인 경우는 보통 댄서가 뻗어대는 손짓에 시선을 빼앗기지만, 댄스에 일가견이 있는 사람들은 발을 보아야 한다는 걸 안다. 신기하게도 그런 점에서 춤은 우리네 인생과도 같다. 눈앞의 현란함에 정신이 팔려 넋이 나갈 것 같은 순간, 오히려 가장 기본이 되는 스텝으로 눈을 돌려 차분하게 들여다보아야 하는 것이다.

이처럼 가까이에서 세계 정상급 선수의 춤을 보고 있다는 사실이 감격스러워 눈물이 날 것 같았다. 춤을 추며 힘이 들어갈 때 저도 모르게 내지르는 소리, 온몸에서 뿜어져 나오는 특유의 카리스마, 반짝반짝 인어 비늘처럼 오색찬란한 빛을 내는 무대의상, 또다른 세계에 깊이 빠져 있는 듯한 몽환적인 미소를 바로 앞에서 보고 있다는 사실이.

숙소로 돌아온 뒤, 선생님은 헬스장으로 향했지만 나는 방에서 빈둥거리며 샤워나 하고 싶었다.

한참이 지나도 선생님이 들어오지 않길래 같이 놀 사람을 찾았나보다 싶었다. 그럼 나도 부담없이 자유로운 시간을 보낼 수 있을 터였다. 그러던 찰나, 바닥에서 검은색 작은 뭉텅이를 발견했다. 면 재질에 신축성도 있는 무언가였다. 무릎을 꿇어 살펴보거나 주워 들고 싶지 않았다. 선생님 양말임이 분명해서 손을 대지 않았다.

욕실을 두어 번 왔다갔다하면서도 선생님과 내 침대 사이에 떨어져 있는 검은 뭉텅이는 피해 다녔다.

선생님이 운동을 마치고 돌아온 뒤 근처 작은 음식점에서 같이 밥을 먹었다. 선생님은 귀엽게 생긴 남자 종업원에게 추파를 던지듯 이 근방에 갈 만한 클럽이 있느냐고, 여기 젊은 사람들은 퇴근하고 보통 어디로 가느냐고, 그쪽은 어디 가서 노느냐고 물었다.

시간이 늦었는데도 밖에 나가고 싶다는 선생님에게 나는 고개를 끄덕였다. 아무렇지도 않았다. 다녀오라 하고선 텔레비전을 보다가 방에서 그대로 잠이 들었다.

이튿날 오전 경연은 아마추어 부문의 스승과 제자 커플 섹

션이었는데 그야말로 엉망진창이었다.

"돈 있는 마나님들이 선생을 섭외해서 신청하는 그런 경연인가요?"

나는 눈을 흘겨 떴다.

"그래서 이렇게 꼭두새벽부터 하는 거지, 뭐. 티켓도 무료고."

우리는 수족관에 들렀다가 센토사섬으로 넘어가기로 했다. 선생님 같은 남자가 댄스스포츠계, 다시 말해 본질적으로 극도로 이성애 중심적이고 배타적인 세계에서 살아남기 위해서는 이른바 '이성애자의 연애 논리'를 체득해야 한다는 사실이 의아했다. 일상에서 일거수일투족 이성애자 남자에게 기대되는 미덕을 보여주는 선생님은 이성애자 남자들 대다수가 형식적으로 여자를 케어하고 자상하게 대하는 요즘 시대에 보기 힘든 사람이었다.

선생님은 내 남자친구라도 된 듯 아쿠아리움에서 포토 존이 될 만한 곳이 나오면 멈춰서서 사진을 찍어주었고, 아이스크림을 사주기도 했다. 해변가에서 놀 때는 수시로 내 옷에 묻은 모래를 털어주기도 했다.

선생님은 내 손이 더러워진다고 새우 껍질까지 까주며 내 앞에 놓인 접시에 새우를 산더미처럼 쌓아놓았다. 내가 곧장 젓가락으로 집어먹으려 하자 선생님은 잠깐만 기다리라고 하더니 껍질 깐 새우를 냄비 안에 살짝 넣고는 따뜻해지면 먹으라고 해줬다.

그날 저녁 선생님은 전날처럼 호텔 헬스장으로 향했고 나는 혼자 방에 누워 있다가 샤워를 하기로 했다.

한참 동안 샤워를 하고 있는데 누가 욕실 문을 두드렸다. 물을 뚝뚝 흘리면서 수건으로 몸을 감싼 채 문을 열었더니 선생님이 손에 검은색 작은 뭉텅이를 들고 서 있었다.

"선생님 건데."

"아니야. 네 양말이잖아."

"선생님 거라고요."

씩씩대면서 뭉텅이를 풀어보았더니, 짜증나게도 내 양말이 맞았다. 민망하다못해 화가 날 지경이었다. 나는 확 뒤돌아서서 욕실 문을 쾅 닫았다.

선생님은 이성애자 중에서도 마초로 꼽히는 이들보다 더 보수적인 행동을 습관적으로 취했다. 아무래도 춤을 추면서 '남자가 여자를 리드하고, 여자는 남자의 리드에 따라간다'라는 명제에 영향을 받은 것 같았다. 괜찮은 남자가 되려면 파트너를 지킬 줄 알아야 한다는 말은 댄스계의 오래된 정설이다.

댄스 파트너라고 해서 일상에서도 커플이어야 하는 건 아니지만 고정 파트너가 있으면 파트너 이외의 다른 사람과는 되도록 춤을 추지 않는 것이 불문율이다. 다닥다닥 붙어서 춤을 추다보면 다른 댄서가 내 파트너 쪽으로 부딪혀올 때가 있다. 남자는 장애물을 피해 재빨리 파트너를 데리고 다른 쪽으로 방향을 맞추어 나가야 한다. 이는 남자 파트너가 당연히 해야 할 임무다. 여자 파트너에게 필요한 단 한 가지는 남자 파트너에게 받는 시선이다. 남자 위주로 이루어지는 춤이기에 여자는 남자가 신호를 줄 때까지 기다렸다가 움직여야 한다. 여자는 남자를 쳐다보며 기다리기만 하면 된다.

춤을 시작하라는 메시지를 전달해야 하는 남자는 손의 방향을 달리해 여자에게 신호를 보낸다. 그러면 여자가 신호를 받기까지 이 초 정도 틈이 생긴다. 그사이에 근육의 방향이 미묘하게 바뀌기도 하고, 잘 만들어진 요요처럼 서로 밀고 튕기기도 하고, 쭉 뻗거나 뒤엉키기도 한다. 그러곤 어딘가에 매달려 있는 도르래처럼 빙글빙글 돌다가 쫙 펴지기도 한다. 단 이 초 동안의 변화가 바로 이인무의 정수다. 오묘한 미소를 짓는 심사위원처럼, 마음에 맞는 파트너를 만난 댄서처럼, 진정한 묘미를 알아보는 자만이 잡아낼 수 있는 것이 있다. 바로 그 일 초 남짓한 찰나에 한 쌍의 댄서가 미묘하게 교감하고 소통하는 아름다움이다.

이인무를 잘 모르면 그 이 초의 차이를 알아채지 못한다. 두 사람이 손을 잡고 꽃을 피우는 듯한 동작을 하는 순간인 줄로만 안다.

싱가폴에 도착한 날 오후에는 스케줄이 없었다. 아직 경연이 시작되지 않아서 둥니 선생님은 나를 데리고 오차드 로드로 쇼핑을 나갔다. 나는 쇼핑에 의욕적인 편이어서 길 어귀부터 끝까지 자리한 가게들을 하나하나 모두 들어가보았다. 중간에 몇 번이나 선생님에게 고개를 돌려 괜찮냐고 물어보았지만 선생님은 아무렇지도 않다고 답했다. 뜨겁게 내리쬐는 땡볕 아래에서 크고 작은 가게들을 전부 드나드는데도 나와 함께 해주었다.

몇 시간 뒤 문득 고개를 돌려 피곤하고 지루하지 않냐고 물었더니 선생님은 웃음으로 화답했다.

그 순간 나는 쇼핑을 같이 해주는 선생님의 인내심조차 오래전부터 몸에 밴 남자 파트너의 역할 때문이라는 걸 혹은 댄스스포츠 세계에 발을 들인 남자에게 필요한 자상함과 굳센 의지로 만들어진 결과물이라는 걸 깨달았다.

춤에서 비롯된 성별 논리는 과연 둥니 선생님도 인정했듯이 이성애자 파트너 사이에서 반드시 지켜야 할 역할 분담인 걸까?

나는 이제 그만 돌아보겠다고 하며 볼 만한 것들도 없다고 일부러 툴툴거렸다. 쉬면서 뭐를 좀 먹고 싶다고 했다.

우리가 어차피 커플이 아니란 것쯤은 너무나도 잘 알고 있었다. 춤을 출 때도 일상생활을 할 때도 그냥 친구였다. 우리 사이의 감정이나 의사소통에는 남녀 사이의 역할 분담이 필요 없었다. 친구처럼 서로를 평등하게 대하고 자상하게 배려해주면 그만이었다. 선생님은 세심한 남자친구처럼 나를 대할 필요가 없었고, 선생님이 오랫동안 익혀온 이성애자 남자의 매너를 발휘할 이유가 전혀 없었다.

둥니 선생님은 우리 스튜디오를 세운 원장의 제자였다. 원장이 무시하는 말투로 둥니 선생님에게 나랑 어떤 사이냐고 물었다는 말을 듣고 기분이 언짢았다. 선생님은 화내지 말라며, 그분은 자기 스승이니 선생님의 선생님이나 마찬가지라고 달랬지만 화가 가라앉지 않았다.

그 나이대에는 댄스 선생 자체가 많지 않았고, 1980년대 중반이 될 때까지 우리 섬사람들은 춤을 출 수 없었다고, 춤이 금지되어 있었다고 둥니 선생님이 말해주었다. 개인의 몸이 통제당하던 시절이라 자기 마음대로 몸을 흔들어댈 수 없었던 것이다. 피가 끓는 음악을 들으면서도 자유롭게 몸을 흔들 수 없었다. 춤은 죄악시되는 음란한 행동이었다. 춤을 인간의 본능으로 인정하지 않고 정상적인 사고 활동 중 하나라고 보지도 않았다. 춤이 몸과 긴밀하게 연결되어 있다는 점을 짚어, 성적인 면과 결부시켰고 불순한 것으로 취급했다.

그 당시 비밀리에 운영되던 댄스홀들은 모두 베이선베이로에 있었다. 둘이서 손을 잡고 음악에 맞춰 엉덩이를 흔드는 건 술집 여자들이 손님을 상대할 때나 하는 짓이고, 춤은 점잖지 못한 업종에 종사하는 사람들이나 추는 것이라 각인되어 있던 시절이었다. 춤에 관심이 있다고 하면 야한 옷을 입고 이성이나 꼬시는 헛바람 든 사람으로 취급할 정도였다.

대부분 댄스스포츠가 뭔지도 잘 몰랐고 그저 사교춤이겠거니 했다. 노는 애들이 추는 츠자이춤*과 다르다는 정도만 알고 있었다.

"조금이라도 반기를 들면 사형을 당하던 시절이라 해도 꼭 그런 사람들이 있지. 춤이 너무 좋은 나머지 막아놓은 울타리에서 뛰쳐나오는 사람들 말이야."

그 시절에도 사회적으로 금지된 춤을 추고 싶다는 욕망을

---

* 鬧仔舞. 타이베이의 한 공원에서 시작되어 타이완 전역에서 유행한 타이완 특유의 춤.

억누를 수 없던 젊은이들이 있었다. 어떤 루트를 통해 댄스스포츠를 접하고 깊이 매료되었는지는 모르겠지만, 그 사람들은 정부가 춤을 금지시키고, 해외에 나갈 때도 각종 검문을 일삼던 시기인데도 영국에 있는 댄스스포츠의 메카이자 사교댄스의 성지인 곳으로 무작정 건너갔다. 그리고 그곳에서 선생을 수소문해 춤을 배웠다.

이들이 훗날 타이완으로 돌아와 스튜디오를 열었다. 춤, 특히 댄스스포츠가 무시당하는 분위기인 건 여전했지만 사회가 어느 정도는 개방된 덕에 스튜디오에서 여러 춤을 종합적으로 가르친다는 명목으로 발레나 전통춤 같은 수업을 내걸었다. 얼핏 들어도 단정하고 고급스러울 것 같은 춤을 춘다고 한 것이다. 그래놓고 실제로는 댄스스포츠를 가르쳤다.

그러다 차츰 대학에 출강도 나가게 되면서 댄스스포츠가 젊은이들의 관심을 끌고 건전한 경기라는 인식이 생겨났다. 신세대들에게 어필하기 위해, '볼룸댄스'였던 원래 이름을 예술과 운동이 결합된 의미인 '댄스스포츠'로 바꾸기도 했다. 언론의 자유가 생긴 뒤로는 미디어에서 각종 영상을 찾아볼 수 있게 되면서 댄스스포츠에 대한 인식이나 이미지도 개선되었다.

"댄스스포츠가 예전에는 술집 여자들이나 추는 춤이라고

들 알고 있었지만 요즘은 젊은 학생들이 열광하는 춤이 된 거잖아. 우리 섬이 반세기 동안 계엄을 거쳐 해방까지 지나온 여정과 거의 일맥상통해. 정치적으로 억압이 심했던 시대의 얘기를 하다보면 개인의 몸이 속박당했던 시절 얘기도 항상 같이 나오지."

둥니 선생님의 스승도 그 댄스스포츠를 널리 알리려 힘쓴 일세대라고 했다.

댄스스포츠 커플이었던 사모님과 함께 스튜디오를 열어 댄스스포츠 보급에 힘쓰고 다양한 경연 대회도 개최했다고 한다. 국제적으로도 활동하고 싶어 왕년에는 크고 작은 경연에 적극적으로 참여하며 세계 각국을 누비고 다녔다. 댄서로서 전성기를 누리던 와중에 어려움이 찾아왔다. 임신, 출산, 육아를 하려면 적어도 삼 년은 일을 할 수 없었다. 잘 나가던 댄서 생활을 그만두기에는 리스크가 너무 컸다. 결국 아이를 낳지 않고 댄스스포츠에 헌신하기로 마음먹고, 노장이 되면 스튜디오 운영에 전념하기로 했다.

그다음 세대는 둥니 선생님의 스승보다는 젊고 둥니 선생님보다는 나이가 많은 이들이었다. 지금은 대부분 큰 스튜디오를 운영하고 있는데 선배들의 사례를 보면서 임신과 출산으로 인한 경력 단절은 이겨내기가 힘들다는 걸 잘 알았다. 그 세대는 보통 남자가 군에 입대하기 전 파트너와 결혼을 하고 일 년 남짓한 군복무 기간 동안 여자가 아이를 낳는 여정을 밟았다. 남자가 제대하면 두 사람의 커리어가 얼추 맞아떨어지기 때문이다. 그때부터는 아이를 부모에게 맡기고 여기저기 경연을 다니며 해외 순회공연도 하다가 나중에 아이에게 스튜디오를 물려주면 되었다.

"그럼 선생님이 여기 스튜디오는 물려받으시는 거예요? 그분들은 아이도 없고 선생님이 또 수제자시잖아요."

둥니 선생님은 고개를 저으며 그럴 가능성은 전혀 없다고 손사래를 쳤다.

"내 손으로 키운 사업을 피 한 방울 안 섞인 남한테 물려줄 사람은 없으니까. 아직 한참 더 운영할 수 있을 거라고 생각하시기도 하고. 어차피 나 같은 스타일을 인정해주는 분들도 아니야."

여자친구도 아닌데 나 같은 수강생이랑 어울려 다니고, 댄스스포츠계의 관례를 깨는 행동들을 말하는 걸까, 하고 나는 속으로 생각했다.

선생님은 낮에 일하러 다니는 제약회사의 동료 때문에 힘들다고 내게 털어놓은 적이 있다.

눈을 크게 뜨느라 힘이 들어가는 바람에 선생님의 외까풀 눈은 금세 삼백안이 되었다.

"회사 사람들이 질투하는 것 같아."

"네?"

"난 댄서잖아. 회사 일이 아니어도 나한테는 춤이 있다고. 그런데 회사 사람들은 그게 아니니까."

"선생님이 춤추는 사람이란 걸 알아요? 매일 퇴근하자마자 오토바이를 타고 총알같이 스튜디오로 달려오는 걸 안다고요?"

"모르지. 알리고 싶지도 않고. 근데 느껴지나봐. 회사가 아니어도 자기네들이 모르는 나만의 세계가 있다는 걸. 비밀이 있다는 사실 하나만으로도 평범한 사람 입장에서는 샘이 날 수가 있지."

일을 그만두고 레슨만 하는 건 어떠냐고 물었다.

선생님은 고개를 저었다.

"그럼 정말 몸뚱이 하나로 돈 버는 사람이 되는 거라서 싫어."

일과 춤을 병행하다보면 몸이 힘드니까 일을 그만두고 레슨으로 먹고사는 댄서들을 종종 봤는데 열정만 가지고 청렴하게 살려면 얼마 못 버티더라고 선생님은 말했다. 사람이 계산적으로 변하고 수강생을 돈으로만 보게 돼. 결국 아래는 안중에도 없고 점점 위만 신경쓰면서 돈 많은 사람만 좋아하고 돈 없는 사람은 무시하는 그런 인간이 되더라고.
"춤으로 먹고살면 레슨에만 의존해서 생계를 꾸려야 되는데 그러면 결국 나도 그런 인간이 될 테니까."
선생님은 그런 식으로 자신을, 인간의 본성을 시험에 빠뜨리고 싶지 않다는 입장이었다.

5

  나만 이런 몸뚱어리로 태어나 파트너도 못 만나고 괴로운 줄 알았는데 둥니 선생님은 물론 세계 챔피언인 조안나 루니스*도, 브라이언 왓슨**도 그런 시절이 있었다고 한다. 비디오테이프를 돌려 보며 밤새 따라 했던 주인공인 슬라빅 크라이클리비도 마찬가지였다.

  댄스 커플의 권력관계에서 우위에 선 경우도, 아닌 경우도 있지만 그 문제로 괴로워해본 건 누구나 다 똑같았다.

---

* 세계 댄스 협의회(WDC)가 주관하는 대회에서 2008년부터 2009년까지 2회 연속 세계 라틴댄스 챔피언을 기록한 선수.
** 1999년부터 2007년까지 9회 연속 세계 라틴댄스 챔피언을 기록한 선수.

선생님은 즈언을 영원한 비즈니스 파트너로 삼으려면 법적인 관계로 일상생활을 묶어놓는 것이 가장 좋은 방법이라고 생각했다. 댄스라는 비즈니스에 보험을 곁들이듯 다들 결국 그와 같은 길을 걸었다.

하지만 즈언은 그럴 마음이 없었다. 대학을 졸업하면 완전히 다른 삶을 살고 싶어했다. 춤을 잘 추기는 해도 춤이 본인 인생에 그다지 중요한 부분이라고는 생각하지 않았다. 우선 체육교사 자격증을 딴 다음 남자친구와 결혼해서 아이를 낳고 평온한 일상을 꾸리는 것이 즈언의 인생 계획이었다.

선생님은 즈언이 요즘 들어 자꾸 자기를 피한다고, 요리조리 핑계를 대며 연습에도 안 나오고, 레슨도 지각하기 일쑤라고, 전화까지 안 받는다며 분통을 터뜨렸다.

즈언이 결별을 생각하는 징조 같다고 넋두리를 쏟아냈다.

"새로운 파트너를 찾았대요?"

"아니, 댄스 파트너는 아니고, 어떤 놈이랑 연애중이래. 남자한테 빠져가지고 전화도 안 받고 말이야."

선생님은 오토바이를 타고 가다가 빨간불에서 신호를 기다리던 도중, 바로 옆에 있는 차에 즈언이 타고 있는 걸 발견했다. 남자 등에 얼굴을 딱 붙인 채 허리를 꽉 끌어안고 있던 즈언도 선생님을 보았음이 분명했다. 선생님이 큰 소리로 이름을 불렀지만 즈언은 못 들은 척하더니 선생님 쪽을 쳐다보려 하지 않았다고 했다.

신호등이 초록불로 바뀌자 차는 그대로 떠나버렸다. 선생님은 즈언에게 연달아 전화를 했지만 받지 않았다.

"즈언은 춤에 정말 소질이 있는 애야. 나랑 같이 다니면 세계 무대에도 설 수 있고 좋은 성적도 거둘 수 있는데. 이제껏 저한테 들인 공을 몽땅 저버린 거지, 뭐. 남자 하나 때문에. 그놈의 연애 때문에. 연애가 뭐 그리 대단하다고. 연애만 중요하고 춤은 필요도 없다는 거야?"

선생님은 화를 못 참겠는지 열변을 토했다.

"걔가 춤에나 재능이 있지 달리 할 줄 아는 게 뭐 있다고? 무슨 능력이 있다고? 교사 자격증을 따서 펑크난 수업이나 대신 하러 다니겠다는 건가? 체육학과면 머리에 든 것도 없을 텐데? 그러다 그 남자랑 결혼이라도 하겠다는 거야?"

선생님도 즈언이랑 결혼하고 싶은 마음은 없잖아요? 나는 그런 생각을 하며 물끄러미 선생님을 쳐다보았다. 선생님이 즈언이랑 결혼을 생각하는 건 춤이라는 비즈니스 때문이지 사랑해서가 아니잖아요. 연애가 그래도 춤보다는 결혼에 어울리는 이유 아닐까요.

"선생님 인생에서 춤이 중요하다고 다른 사람도 그래야 하는 건 아니니까요."

나는 중간에서 입장이 난처해졌다.

"여자로서 당연히 연애도 하고 싶고 결혼도 하고 싶겠죠. 춤을 잘 춘다 해도 평생 추고 싶지는 않을 수도 있는 건데 그게 뭐 잘못된 건가요?"

선생님은 화가 치밀어올라 말이 안 나오는 듯했다. 몇 분 정도 지나자, 힘이 잔뜩 들어가 있던 선생님의 어깨가 조금은 누그러들었다.

"난 진짜 개랑 결혼할 수 있어, 정말로. 결혼하면 내가 먹여 살릴 수 있다고. 다른 사람들 눈에만 안 띄게 하면 남자친구도 계속 사귀어도 되고, 난 상관없으니까. 어차피 그런 건 내가 해줄 수 없기도 하고, 나도 원하는 게 아니기도 하고. 난 춤만 출 수 있으면 돼. 즈언이 평생 내 파트너로 있어주면 좋겠어."

선생님은 한 번 더 강조했다.

"난 정말 상관없어."

"즈언은 상관있을 거예요."

결국 즈언과 갈라선 선생님은 이 사람 저 사람과 호흡을 맞춰보면서 파트너를 몇 번이나 갈아치웠다.

개중 눈도 크고 입도 큰 여자와 몇 개월 정도 춤을 췄는데 피부가 까무잡잡한 편이었다. 내가 선생님에게 개인 레슨을 받고 있으면 그 여자도 오곤 했다. 내가 춤을 잘 못 추면 선생님은 아예 그 여자더러 시범을 보이라고 했다. 왠지 허한 마음이 들었지만 그 까무잡잡한 여자는 나한테 주황색 연습용 치마를 사주기도 했다.

선생님은 끝내 그 여자와도 결별했는데 춤을 출 때 브래지어를 안 하고 오는 게 너무 싫었다고 했다.

"내가 여자로 안 본다고 해도 그러면 안 되는 거 아니야?"

참다못한 선생님이 속옷을 안 입고 오면 좀 힘들다고, 온몸을 밀착하고 춤을 출 때는 특히 그렇다고, 무시당하는 느낌이라고 한마디했더니 그다음부터는 스포츠브라를 차고 왔다고 했다.

더욱더 화가 난 선생님은 아예 대놓고 말했다.

"안 하는 거랑 다를 게 없잖아!"

그후 선생님은 자그맣고 여리여리한 인형 같은 댄서와 호흡을 맞춰보고는 무척 만족스러워했다.

흥분을 감추지 못할 정도였다.

"기본기도 잘 갖춰져 있고 춤도 아주 정확하게 추더라고. 나랑 호흡도 잘 맞아. 키도 나한테 딱이야."

그 여자는 약혼까지 한 댄스 파트너가 있었는데 약혼남이 당분간 혼자 있고 싶다며 춤을 쉬는 중이었다. 원래 춤을 좋아했던 남자는 각종 경연에도 나갈 만큼 열정이 넘쳤다. 남자의 레슨 강사는 댄스계 노장이었는데 학생 중에 누가 돈줄이 될 만한지 가려내길 좋아했다. 그 강사가 경연을 개최하면서, 남자에게 수당을 줄 테니 부잣집 마나님들에게 한 장에 만 위안, 테이블 하나에 십만 위안*짜리 티켓을 팔아달라고, 그러면 손익분기점은 넘길 수 있을 거라고 당부했단다.

남자는 약혼녀에게 춤이 경쟁 구도로 가면 정치질로 번지다못해 이권 다툼으로 전락해버린다고, 이 바닥에서 살아남을 수 있을지 자신할 수 없다고 말했다.

결국 그 남자는 일 년만 생각할 시간을 달라고, 그동안은 다른 파트너와 춤을 춰도 된다고 했다. 나중에 춤을 추지 않기로 마음을 굳히더라도 여자는 계속 춤을 출 수 있도록 해주고, 결혼도 예정대로 진행할 것이라고, 변하는 건 없을 것

---

* 만 위안은 한화 사십오만 원 상당이고 십만 위안은 한화 사백오십만 원 상당이다.

이라는 입장을 밝혔다.

그런 상황마저 둥니 선생님 마음에 쏙 들었다. 나중에 남자가 춤을 접게 될 경우, 약혼녀가 둥니 선생님과 친밀하게 춤을 추더라도 선생님의 성 지향성을 안다면 괜한 트집을 잡지 않으리라는 계산이었다.

하지만 여자가 다른 대형 스튜디오의 학생, 그러니까 다른 파벌의 제자라는 사실이 문제였다. 규모가 있는 스튜디오끼리는 상대 제자를 빼돌리지 않는다는 오래된 불문율이 있었다. 정치적인 문제로 볼 수도 있었다.

그러나 오로지 춤이 중요했던 둥니 선생님은 여자더러 원래 스승을 찾아가, 관례에는 어긋나지만 다른 파벌의 제자와 파트너로 활동해도 되겠느냐 물어보라고 했다.

절대 안 된다는 답을 받았다.

어쩔 수 없이 다른 파트너를 찾아 나선 선생님은 이번에도 이 사람 저 사람과 호흡을 맞춰보았다. 뜻대로 일이 풀리지 않자 툭하면 짜증을 내고 신경질을 부리며.

인간관계라는 게 이인 일조가 되는 순간, 댄스 커플이든 사제지간이든, 부부나 연인, 모녀 사이든 서로를 잔인하고 폭력적으로 대하기 십상이다. 댄스 수업시간에 같이 춤을 추다가 중년 여성이 남편에게 욕을 퍼붓는 걸 본 적이 한두 번이 아니었다. 분명히 여자가 틀렸는데도 춤이 잘 안되면 남편에게 악다구니를 썼다. 그 여자는 중년반 반장이었는데 실력이 대단한 춤꾼이었다. 그 반의 여왕벌이라 할 만했다. 하지만 두 사람에게는 댄스 커플이라는 관계가 부부관계의 연속이어서인지 서로를 가혹하게 대했다.

수업에는 키가 작은 편인 남자 셰프와 하얗고 토실토실한 여자 공무원 커플도 있었다. 남자는 본인의 춤 실력이 뛰어나다고 생각한 나머지 다른 수강생들에게 훈수 두길 좋아했다. 춤을 추다가 조금이라도 틀리면 다짜고짜 파트너를 질책하기도 했다. 희고 통통한 여자는 웬만하면 남자 말을 다 들어주었는데 남자가 맞는 말만 해서 그런 건 아니었다. 상대방 성격을 잘 알아서 같이 지내려면 비위를 맞춰주는 수밖에 없었다.

결혼을 앞둔 젊은 커플인 메이신과 그 남자친구는 둥니 선생님에게 개인 레슨을 받기 시작했고 선수반에서도 훈련했다. 선생님은 메이신 커플이 대회에 나갈 수 있도록 도와주었다. 수업에 일찍 도착한 날, 내 앞자리에서 두 사람이 연습하는 모습을 가만히 바라보고 있는데 선생님이 두 사람에게 대회 팁을 알려주었다.

선생님은 내 어깨를 툭 치며 말을 걸었다.

"파트너 찾으면 너도 대회 내보내줄게."

웃는 인상인 두 사람은 여느 부부처럼 서로 닮은 얼굴에 성격도 좋아 보였지만, 막상 춤 연습이 시작되면 메이신이 날카로워졌다. 춤을 추다가 조금만 틀려도 남자에게 다다다 쏘아붙일 정도로 성격 있는 인물이었다.

종종 나를 쳐다보던 메이신은 둥니 선생님이 자신의 남자 파트너를 가르칠 때 내 옆에 앉아 그 모습을 바라보기도 했다. 단체반 수업 때는 이야기를 나눠본 적이 거의 없었기에 메이신과 좀더 가까워진 느낌이었다.

남자들 대부분이 본인 파트너나 나처럼 파트너가 없는 여자한테 훈수 두기를 좋아했다. 교양이 부족한 이들은 상대에게 서슴없이 지적질을 하기도 했다. 모두 다 상대방의 잘못이고, 상대방의 실수라면서, 사회적으로 통용되는 남자의 역할을 자처하며 여자 파트너를 궁지로 몰기 일쑤였다. 바깥 세계의 남녀 논리가 댄스스포츠 세계의 남녀 논리와 다를 게 없어 보였다. 둘 다 'Men lead'가 통하는 세계였다. 댄스 커플들은 허구한 날 다투었고 화가 안 풀리는 날에는 싸우고 또 싸웠다. 심할 때는 선생님이 중재에 나서기도 했다.

텔레비전에서 중국 후베이 우한을 배경으로 한 다큐멘터리를 본 적이 있다. 경증 지적장애를 가진 남자가 젊을 때 댄스스포츠의 매력에 빠졌는데, 파트너가 없어 늘 걱정했다. 짝을 이루어 추는 춤에 빠져들어 여러 스튜디오를 찾아다니며 등록을 감행했고, 그럴 때마다 이인무 커리큘럼을 신청하는 여느 사람들처럼 파트너가 없는데 어떻게 춤을 출까, 하는 걱정이 앞섰다. 그러나 댄스스포츠계 선생들의 조언은 한결같이 따뜻했다. 혼자라도 열심히 그리고 꾸준히 연습하면 된다고, 기본기에 충실하고 포기만 하지 않는다면, 어느 정도 준비가 되었을 때 잘 맞는 파트너를 만나게 될 거라는 말이었다.

어느 나라든 어느 도시든 어느 스튜디오든 돈을 벌려는 춤 선생은 그와 같은 말을 하기 마련이다. 남녀관계 전문가가 결혼을 논할 때 내놓는 겉만 번지르르한 말, 두 명이 한 조가 되어야 하는 사회적인 분위기 탓에 괴로울 때면 듣게 되는 말처럼. 노력만 하면 운명의 상대를 만날 수 있다는, 못 만났다면 노력이 부족하거나 만나기도 전에 자신감을 잃어 중간에 포기해버렸기 때문이라는 말처럼.

후베이에 살고 있던 남자는 십 년 넘게 춤을 놓지 않고 오랜 세월 혼자 레슨을 받아왔다. 스튜디오에서도 끊임없이 혼자 연습을 했다.

홀로 연습하는 장면에서는 살짝 일그러진 남자의 얼굴 위에 떠오른 사랑에 빠진 듯한 표정이 클로즈업되었다. 나 홀로 스텝을 밟으며 두 손으로는 누군가를 감싸안은 제스처를 취했다. 실제로 파트너를 얼싸안고 춤을 추는 듯한 장면이었다. 하지만 정작 품안에 있던 건 사람이 아니라 텅 빈 공기였다. 실제로는 아무도 없이 외따로 춤을 추는 것이다.

놀라우면서도 약간 섬뜩한 장면이었다. 진지한 얼굴로, 무언가에 빠져든 표정으로, 등을 곧게 편 채, 실제로는 존재하지도 않는 파트너를 부둥켜안고 십 년 넘게 춤을 춰왔다는 사실이 그랬다.

남자는 춤 연습을 위해 여기저기서 아르바이트를 했고, 그러면서도 절대 춤을 포기하지 않았다. 인터뷰중에는 카메라에 대고 "이제껏 연습을 쉰 적이 없습니다. 그것도 혼자서요. 기본기를 꾸준히 다지면서 맞는 사람이 나타나기를 기다리는 거죠. 앞으로도 포기하지 않고 계속 파트너를 찾아다닐 생각입니다"라고 밝혔다.

지적장애를 가진 남자가 십 년 넘게 홀로 이인무를 취왔다는 스토리가 지역신문에 보도되면서 세상에 알려졌고 다큐멘터리 감독의 흥미를 끌었다. 다큐멘터리를 촬영하면서 아직도 댄스 파트너를 찾고 있다고 밝힌 남자의 스토리가 전국 방방곡곡으로 퍼졌다. 남자는 자연스레 유명세를 탔지만 호흡 한번 맞춰볼 사람조차 구하지 못했다. 아무도 남자의 파트너가 되고 싶어하지 않았다.

 내가 봐도 이유는 명백했다.

 남자는 솔직히 잘생긴 얼굴이 아니었다. 아니, 심하게 못생긴 얼굴이었다. 이목구비는 말할 것도 없었고, 거만한데다 고집도 세 보이는 인상이었다. TV 화면으로도 매서운 눈빛이 느껴졌다. 파트너라는 추상적인 개념에 대한 고집스러운 환상이 춤에 대한 열정을 넘어선 느낌이었다. 파트너를 향한 열렬한 마음이라고 볼 수 없을 정도였다. 댄스스포츠에 진심인 사람이라면 누구나 아는 사실이 하나 있다. 크고 작은 스튜디오의 강사들이 학생을 모집할 때 하는 뻔한 말. 파트너가 없어도 상관없다, 우선 혼자서라도 기본기를 잘 익히는 게 중요하다, 그러면 언젠가는 마음에 맞는 파트너를 만나게 될 것이라는 말이다. 하지만 그건 거짓말이다. 이인무의 기본기 중에는 혼자서는 연습조차 할 수 없는 피겨*도 있기 때문이다. 기본기도 둘이서 연습해야 가능한데 같이 출 사람이 없다면? 이런 진실을 말해주는 사람이 없다는 게 댄스스포츠계의 현실이다.

 팔 년 전 남자는 처음이자 마지막으로 파트너가 생겼다. 마흔일곱 살인 션 여사가 같이 춤을 추고 싶다는 의사를 편지로 전했다.

 기골이 장대한 션 여사는 댄스스포츠를 너무나도 사랑했다. 평소에는 식당에서 설거지를 하는 등 잡다한 일을 하면서 하루에 삼십팔 위안**을 벌었다. 그렇게 모은 돈을 전부 춤추는 데 투자하고 싶은 춤꾼이었다. 그러던 어느 날, 지적장애를 가진 남자가 파트너를 찾는다는 신문 기사를 보고 감동을 받았다. 남자의 처지와 심정이 자신과 비슷했다. 춤을 열렬히 사랑하지만 조건 때문에 파트너를 못 만나고 있는 상황마저도.

 평생 춤을 추고 싶은 마음을 남자도 이해해줄 거라 믿었다.

 남자는 지적장애가 있고 얼굴이 못생긴 탓에 십 년이 넘도록, 다른 이들은 쌍을 이루어 추는 춤을 스튜디오에서 혼자 오도카니 바라만 봐야 했을 거라고 션 여사는 생각했다. 갈

---

* 스텝의 집합을 뜻하는 댄스스포츠 용어.
** 한화 팔천 원 정도. 원문에서 이 문장의 '위안'은 다른 곳과 달리 타이완의 화폐가 아닌 중국의 인민폐로 표기되어 있다.

망해마지않는 춤을 말이다. 남자의 마음속에 자리한, 다른 이와 하나가 되고 싶지만 그럴 수 없는 욕망과 고초를 생각하며 션 여사는 자기최면을 걸었다. 이렇게까지 한다고 절대 창피한 일은 아니라고, 다른 사람에게 피해를 주는 일도 아니라고 되뇌었다. 남자의 들끓는 욕망은 아주 강렬하거나 아니면 매우 비뚤어져 있어서 세상에 버림받았다는 느낌만으로는 아직 깨지지 않은 상태였다.

보통 그런 상황에 처한 사람들 대부분은 얼마 되지 않아 춤을 그만두거나 도태되었다.

션 여사는 현실 세계는 물론 댄스 세계에서도 약자인 두 사람의 처지가 비슷하니 서로를 이해하고 의지할 수 있을 거라 생각했다. 운이 좋아 고정 파트너가 된다면 서로를 보듬어줄 수 있을 것 같았다. 남자도 분명히 그런 상황을 원할 것이라 여겼다. 마다할 이유가 없어 보였다. 동병상련의 마음으로 서로를 격려해주다보면 잘 어울리는 한 쌍이 될 수 있을 것만 같았다.

션 여사는 남자에게서 호흡을 맞춰보자고, 스튜디오로 오라는 답장을 받았다. 같이 몇 소절 추자마자 남자는 여기가 틀렸다느니, 저기가 빠르다느니, 동작이 제대로 되지 않고 있다느니 하며 목청을 높였다. 음악을 다시 틀자 션 여사가 바로 몸을 움직였다. 남자는 더이상 못 참겠다는 듯이 션 여사를 밀쳐냈다. 남자가 리드하고 여자는 따라간다는 규칙도 모르느냐며 남자가 시작도 안 했는데 무슨 춤을 춘다고 그러느냐고 타박했다.

춤을 출 때마다 채 몇 소절도 지나지 않아 남자는 훈계부터 해댔다. 댄스스포츠를 어떻게 추는지도 모르느냐고, 몸을 부딪치기만 하면 어떻게 춤을 추겠느냐고 면박을 줬다. 션 여사는 무안하기도 하고 창피하기도 했다. 난처한 얼굴로 대꾸는 한마디도 못한 채 그저 헝클어진 머리카락을 불그무레하고 통통한 얼굴 옆으로 넘기는 수밖에 없었다. 그런데도 남자는 션 여사를 질책하느라 정신이 없었다.

남자가 본인도 못생겼으면서 션 여사의 나이가 많다고, 얼굴이 못났다고 싫은 티를 내는 모습이 한눈에도 보였다. 댄스 파트너를 알아보는 자리지만 실제로는 결혼할 여자를 고르는 눈으로 세세하게 평가하고 있었다. 어쨌든 대부분의 댄스 파트너들이 결국에는 그와 같은 길을 걷기 마련이긴 했다. 어떤 이들은 상대의 못생긴 외모에만 집착하면서, 또 어떤 이들은 본인이 못생겼다는 생각에서 벗어나지 못하면서.

다큐멘터리는 남자를 집중조명한 화면으로 넘어갔고, 제작진은 남자에게 앞으로도 션 여사와 파트너를 할 생각이 있느냐는 질문을 던졌다.

남자는 진지한 표정을 짓더니 우월감이 넘치는 듯 이렇게 대답했다.

"잘 모르겠어요. 우선 연습부터 하면서 지켜봐야 될 것 같습니다. 데리고 춰봐야 알지 않을까요. 기본기가 잘 안된 사람이더라고요."

다큐멘터리를 끝까지 보고 나니 역겨움이 이루 말할 수 없었다. 그게 현실이란 걸 알아서, 댄스계의 현실이자 이성을 찾아 나서야 하는 이 세상의 잔혹한 현실이라서. 다큐멘터리를 끄고, 슬라빅이 룸바의 기본 스텝을 하나하나 분해해서 설명해주는 영상을 틀었다. 좀더 연습을 하고 싶었지만 어느새 날이 밝아 있었다. 컴퓨터를 보며 이십 분 정도 연습해보고 서둘러 잠자리에 들었다.

단체반 수업을 듣는 고등학생인 유린과 파트너를 하고 싶다고 둥니 선생님에게 말했다.

단체반은 이름부터가 중년반이었지만 젊은 사람들도 있었다. 반에서 가장 어린 열일곱 살짜리 고등학생 유린은 누나뻘 과외 선생과 단체반에 춤을 추러 다녔다. 과외 선생의 어릴 적 춤 선생이 유린의 아버지였다. 유린의 아버지는 둥니 선생님 전에 중년반 수업을 담당하기도 했다.

나중에 과외 선생이 유학을 떠나자 유린은 내킬 때만 춤을 췄다. 중국 본토에서 일하고 있던 유린 아버지는 아들이 꾸준히 춤추기를 원했다. 그래서 항상 가족들에게 무슨 일이 있어도 유린이 댄스 수업을 듣게 해야 한다고 신신당부했다.

유린은 나이가 어린데도 잘난 척이 심했다. 춤을 추는 남자가 귀하다는 사실을 알고 있어서였다. 서로들 파트너로 데려가려고 성화였고, 어릴 때부터 댄스를 배운 만큼 이런저런 조건도 좋은데다 키도 아주 컸다. 아버지, 어머니는 물론, 형까지 춤을 출 줄 알아 휴일이면 온 가족이 댄스홀을 찾았다.

자만심이 넘쳐서인지 유린은 단체반 수강생들을 대충 춤만 추다 가는 사람들로 취급하면서 본인보다 춤도 못 추고 나이도 많다며 우습게 보는 경향이 있었다. 아버지가 어릴 때부터 춤을 시킨 연유로 단체반의 몇몇 아줌마나 아저씨는 오래전부터 유린을 쭉 지켜봐온 사람들이었다. 그래서 유린이 수업에 잘 나오는지 아버지 대신 감시하기도 했다.

나에게 유린은 단체반에서 유일하게 키가 큰 사람이었다.

유린에게 같이 연습할 생각이 있느냐고 용기를 내어 물었다.

유린은 웃을락 말락 한 표정으로 내 몸매를 스캔하듯 훑어보았다. 그러더니 나와 눈을 마주치지도 않은 채 말했다.

"좋아요. 나랑 추고 싶어하는 사람들이 워낙 많아야지. 그쪽이랑 춰도 상관없어요. '원 오브 뎀One of them'인 건데, 뭐."

나름대로 완곡한 거절이었지만 나는 움츠러들지 않았다. 어차피 딱 잘라 말한 건 아니어서 시도해볼 기회가 생긴 셈이었다.

전부터 떼어내버리고 싶던 샤오쌍이 나와 유린의 대화를 듣고는 가까이 다가왔다. 생각지도 못한 일이었다. 도둑이 제 발 저린다고, 방금 내가 한 말 때문에 언짢은 건 아닐까 걱정이 되었다.

하지만 내가 샤오쌍을 과소평가한 것이었다.

샤오쌍은 유린에게 "그럼 나랑도 추자. 나도 여자 역할 해보고 싶어. 계속 남자 역할만 하기 싫다고. 어차피 여러 명이랑 다 춘다면서? 나도 껴줘"라고 말했다.

유린은 허세가 충족되었는지 입이 귀에 걸렸다.

그렇게 샤오쌍과 나는 같은 수업시간에 유린을 공유하며 교대해 춤을 췄다. 유린은 마치 왕이 된 듯이 여자들끼리 자신을 두고 다투는 상황을 즐겼다. 자신의 실력은 선수 수준인 반면 나와 샤오쌍은 수준도 낮고 나이도 많고 시작도 늦은 사람들이니 시혜라도 베풀 듯 춤을 춰준다고 생각했다. 춤 한번 춰주는 건 식은 죽 먹기라는 듯이.

내가 보기에 유린은 그 정도로 대단한 실력자가 아닌 것 같았고, 어찌 보면 최악의 댄서일 수도 있었다. 거울을 보면서 자신의 문제점을 찾아내지 못하는 그런 댄서 말이다. 내 눈은 정확했다. 몸은 탄탄하지만 댄서에게 필요한 신체 조건을 갖춘 건 아니었다. 춤을 출 때 상체와 골반이 뻣뻣하게 굳어 있고 코어 근육을 어떻게 사용해야 하는 줄도 몰랐다. 라틴댄스의 기본동작은 특히 코어근육을 유연하게 만드는 연습이 필요했지만 유린은 그런 연습은 전혀 하지 않았다. 어릴 때부터 아버지에게 춤을 배웠는데도 실력이 늘지 않은 건 아무리 춤을 춰도 본인이 틀렸다고 생각하지 않아서였다. 사실 유린 아버지가 춤을 결코 잘 추는 사람이 아니라는 것이 가장 큰 문제였다. 사교춤 추듯이 댄스스포츠를 대하는 사람이었다. 하지만 유린은 아버지가 누구보다도 춤을 잘 추는 사람이고 본인은 그런 아버지에게 비법을 전수받았다는 생각에 둥니 선생님을 우습게 봤다. 아버지 또한 본인이 댄스스포츠계 최고의 실력자라고 자부했다. 타이완에 들어올 때면 스튜디오를 찾아 둥니 선생님의 수업을 지켜보기도 하고 함부로 평가까지 하는 등 몹시 무례하게 굴었다. 유린은 둥니 선생님이 수업시간에 동작을 지적하면 그건 아니라는 듯 비웃는 표정을 지었다.

나는 유린과 한 쌍이 되면 같이 둥니 선생님을 따라다니며 연습도 하고 댄스계의 둘도 없는 파트너가 되어 단번에 실력을 끌어올릴 수 있을 거란 환상에 잠시 빠지기도 했다.

유린은 둥니 선생님의 실력이 본인 아버지보다 못하다고 생각했고, 심지어 본인보다도 밑이라 여기며 무시하기까지 했다. 아버지와 아들 둘 다 둥니 선생님을 아니꼬워했고, 그런 둥니 선생님에게 유린이 개인 레슨을 받고 싶다 한들 아버지가 허락할 리 만무했다.

나와 한 차례 추고 바로 이어서 샤오쌍과 한 차례 추는 식으로 하던 유린은 그야말로 기고만장했다. 나는 유린이 어디가 틀렸는지 말해주고 싶었지만 그럴 수 없었다. 유린이 틀린 게 확실했지만 박자를 다시 맞춰보자고 섣불리 나설 수도 없는 상황이었다. 참다못해 말해본 적도 있지만 유린은 내 손을 밀쳐내거나 무시하는 태도를 보였다. 나를 보고 고개를 저으며 한숨을 내쉬거나 쯧쯧 혀를 차며 대놓고 사람을 무시했다.

샤오쌍은 댄스스포츠 구두의 중심을 잘 잡지 못해 스텝 자체가 불안정했고 발동작도 제대로 기억하지 못했다. 댄스에 워낙 문외한인데다가 본인이 다 맞는 줄 알고 문제점을 찾아볼 생각은 하지도 않았다. 유린은 샤오쌍에게 화를 내기는커녕 너그러웠다. 따뜻하고 예의 있는 태도를 보이기도 했다.

유린이 나를 막 대하는 건 내가 샤오쌍보다 춤을 못 춰서가 아니었다. 내가 바라는 게 많다는 걸 유린도 잘 알아서였다. 스텝을 하나하나 완벽하게 밟고 넘어가야 직성이 풀리는 내가 아무래도 짜증났을 것이다. 나는 유린과 계속 춤을 추고 싶었지만 그렇다고 설설 기고 싶지는 않았다. 그럴수록 유린은 내 기를 꺾어버리고 싶어했다. 샤오쌍은 달랐다. 바라는 게 딱히 없어서 같이 있으면 편한 상대였다. 야망이랄 것이 없어 춤추러 오면 시시덕거리기 일쑤니 전혀 부담스럽지 않았다. 샤오쌍은 유린의 실력을 최고로 쳤고, 건장한 연하남과 춤추는 걸 즐기기만 했다. 항상 우러러보는 눈빛은 물론

이고 누나의 사랑이 듬뿍 담긴 찬사까지 보냈다.

 샤오쌍은 나랑 춤을 추다보니 어쩔 수 없이 남자 역할을 해왔지만 여자 역할을 맡게 되자 언제 자기가 남자 역할도 상관없었냐는 듯이 들떠 있었다. 샤오쌍은 유린을 추앙하다시피 했고 유린은 그 대가로 샤오쌍을 너그럽게 대했다. 반면 나는 내 나름의 꿍꿍이가 있는지라 유린이 아무리 정색해도 꾹 참았고, 그러면서도 어떤 초조함과 일종의 야망이 툭툭 튀어나와 유린의 반감을 사곤 했다. 샤오쌍과 나를 가볍게 생각한 유린은 늘 허세 가득한 폼만 잡았다.

 비참했지만 다른 방도가 없었다. 지금 상황에서는 유린이 유일한 선택지였다. 춤을 추기 위해서라면, 계속 춤을 추고 싶다면, 어찌되었든 모든 걸 감내해야만 했다. 유린이 그따위로 대해도 참아야만 했다. 최대한 친절한 태도를 보여야만 했다. 같이 출 수 있는 시간이 주어진 만큼 최선을 다하다보면 운명이 준비해놓은 좋은 날을 맞이할 수 있을 터였다.

 오래 참고 견디다보니 실제로 작은 변화가 찾아오긴 했다. 샤오쌍이 더이상 못 참겠다며, 못 해먹겠다며 수업을 때려치웠다. 파트너 하나를 두고 여자 둘이 번갈아가며 춤을 추는 생각만 해도 싫증이 나고 구역질이 난다고 했다. 그다음 수업시간부터 유린은 내가 파트너인 걸 당연하게 생각했다. 그런 유린의 생각을 알 리 없는 단체반의 아줌마, 아저씨들은 꼭 그래야만 한다는 듯이 유린이 오면 내 옆에서 연습하도록 자리를 비켜줬고 그렇게 일 년 넘게 수업이 이어졌다.

 유린은 걸핏하면 수업에 나오지 않거나 심하게 지각하기도 했다. 유린이 나타나지 않는 날에는 나 혼자 춤을 췄다. 아니면 다른 이들의 호의에 힘입어 짬짬이 다른 남자들과 같이 추기도 했다. 짝 잃은 물고기 신세가 되어 커플 사이를 이리저리 헤엄쳐 다니는 느낌이었다. 파트너가 수업을 늦거나 빠져서 혼자가 된 수강생에게 내가 먼저 다가가 잠깐이나마 같이 추는 날도 있었다.

 늦게까지 오지 않던 파트너가 불현듯 모습을 드러내면 나와 추던 남자는 자연스레 손을 놓고 원래 파트너에게 돌아가곤 했다. 그러면 나는 또 유린을 기다리며 홀로 춤을 출 수밖에 없었다.

 한번은 우리 스튜디오에서 국제 대회를 주최한 적이 있다. 해외 선수들의 본선 및 연회가 관례에 따라 저녁 시간에 배정되었고, 낮에는 예선, 아마추어 팀과 사제 팀과 어린이 팀의 본선에 공연 이벤트가 줄줄이 이어지는 일정이었다. 우리 스튜디오의 중년 단체반이 낮에 한 가지 종목의 공연을 하기로 정해졌다. 다들 흥분되고 설레는 마음으로 공연 준비에 나섰지만 유린은 그런 데 끼기 싫어했다. 아줌마, 아저씨들이 사놓은 싸구려 댄스복에 툭하면 떨어지는 플라스틱 스팽글을 달고 나가면 체면만 깎일 거라 여겼다. 공연은 당연히 해야 한다고 생각했지만 그렇다고 노인네들과 율동 수준의 춤이나 출 생각은 없었던 것이다. 유린은 연습에 나오지 않았고 반장인 라이 아주머니는 대체 공연할 생각이 있기는 한 거냐고 내게 물었다. 유린만 오케이 한다면 문제없다고, 그런데 그게 아니라면 나는 같이 출 사람이 없지 않느냐고 대꾸했다.

유린 아버지와 오랜 친분을 쌓아온 라이 아주머니가 중국에 전화를 걸어 이 사실을 알리자 유린이 반드시 참가해야 한다는 지령이 내려왔다. 유린은 아버지를 존경하고 우러러보면서도 무서워하고 두려워했다. 그래서인지 참가하겠다고 대답은 했지만, 항의라도 하듯 모든 연습에 모습을 드러내지 않았다. 그 정도 수준의 스텝은 식은 죽 먹기라고, 연습을 왜 해야 하냐고 떠들어대면서. 그 덕에 나는 단체반 정가운데에 서서 허공을 바라본 채 파트너를 안고 있는 시늉을 하며 혼자 손짓 발짓을 해야 했다.

공연 당일 아침. 다들 리허설을 하러 공연장에 일찍 나왔지만 유린은 나타나지 않았다.

아줌마와 아저씨들은 나를 측은해하다못해 유린에게 화가 나 있었다. 가정교육을 도대체 어떻게 받은 거냐고, 수업료도 매번 늦게 내고, 수업에도 맨날 늦는다고, 리허설은커녕 연습도 안 나오고, 파트너를 무시한다고. 하지만 말만 늘어놓을 뿐 정작 어떻게 하지는 못했다.

오후 공연 시작 삼십 분 전, 유린이 힙합에 어울리는 옷차림으로 등장했다. 라이 아주머니가 얼른 무대의상으로 갈아입고 내 옆에 가서 서라고 말했다. 유린은 나를 본체만체하며 한마디도 하지 않은 채 무대 위 공연을 마쳤다.

다 같이 기념으로 단체 사진을 찍을 때는 유린이 웬일인지 내 어깨에 손을 올려놓고 카메라를 바라보며 활짝 웃었다. 우리 둘은 커플이 맞다는 듯이. 나도 덩달아 카메라를 보며 미소를 지어 보였다.

촬영이 끝나자마자 유린은 손을 내리고 웃음도 거둬들였다.

"싸구려 옷 좀 갈아입고 올게요. 쪽팔려 죽겠네, 진짜."

유린이 내가 있는 곳으로 돌아오지는 않았지만 상관없었다. 나는 스팽글이 자꾸 떨어지는 조악한 댄스복을 입은 채로 무대 위 공연을 한 장면 한 장면 지켜보았다. 한낱 예선일 뿐이었지만 나는 예선에조차 낄 수 없는 처지였다. 메이신 커플은 서로 팔짱을 끼고 무대에 올랐다. 둥니 선생님이 경험 쌓는 셈 치고 나가보라고 한 예선의 시작 벨이 울렸다. 문득 뒤를 돌아보니 길쭉길쭉한 술이 찰랑거리는, 금빛이 나는 갈색 무대의상을 입은 여자가 눈에 들어왔다. 엘리자베스 테일러가 연기했던 클레오파트라 같은 진한 아이라인에, 『위대한 개츠비』에 나오는 인조 다이아몬드가 박힌 헤어피스를 하고 있었다. 여자는 파트너에게 소리를 지르다가 어느새 활짝 웃더니 파트너와 팔짱을 끼고 무대에 올랐다. 다른 선수들의 긴장된 모습에 비하면 여자는 그야말로 소탈한 성격임이 분명했다.

여자의 모습을 바라보고 있노라니 가슴속에서 무언가 용솟음치면서 눈자위가 시큰해졌다. 예전에 어디선가 만난 것 같은 기시감이 들었다. 자리에서 일어나 여자를 더 가까이에서 보기 위해 위치를 옮기며 따라다녔다. 두 사람의 무대가 끝나고 모든 선수들이 퇴장했다. 인파에 밀려 뒤로 떠밀리는 순간, 여자가 시야에서 사라질까봐 겁이 났다.

아니, 그 여자를 잃어버릴까봐.

목구멍이 답답하고 조여드는 느낌이 들었다. 여자와 오래

전부터 알던 사이인 느낌이었다. 여자에게선 나를 확 끌어당기는 힘이 느껴졌다. 내가 바닷속에서 헤어진 친언니일 것만 같았다.

6

 가끔 상상하곤 한다. 만약 인어가 죽고 싶지도, 바닷속으로 돌아가고 싶지도 않았다면 태양이 솟아오를 무렵 하늘과 바다가 만나는 곳에서 거품이 되어 사라지는 대신 어디로 갔을까? 아마 나처럼 정반대 방향으로 나아갔을 것이다. 바다를 떠나 육지로 올라갔을 것이다. 그길로 인간들이 사는 도시로 향했을 것이다. 새로 생긴 두 다리로 걷는 연습을 마치고, 안정적으로 걸음을 뗐을 것이다. 인간은 어떻게 사는지 염탐하며 새로운 미지의 세계로 나아갔을 것이다. 그러다 육지의 삶이 외로워지면, 춤을 배웠을 것이다.

침대에 누워 허벅지 뒤쪽을 벽에 댄 다음 두 다리를 벽에 대고 들어올린다. 중력에 맡긴 채 다리를 밑으로 떨어뜨리면 벽에 붙은 V자 모양이 된다. 사타구니 쪽 허벅지 근육이 찢어질 것 같은 느낌이 들지만 조금만 참고 몇 분 정도 유지하면 통증이 줄어든다. 거기서 또 몇 분 지나면 두 다리가 중력에 의해 조금 더 벌어진다. 매일 밤마다 숙제처럼 하는 동작 중 하나이자 발레 선생님에게 배운 다리찢기 연습 방법이다.

예쁘장하고 늘씬한 발레 선생님이 발로 직접 내 등을 눌러 줘야 허리가 겨우 숙여지던 기억이 지금도 난다.

발레 선생님은 그런 내 모습을 보고 기꺼워했다.

"연습하면 돼요. 저절로 되는 건 없으니까. 억지로라도 연습을 하면 나아져요."

두 다리를 벌린 채 벽에 대고 삼십 분 정도 눈을 감고 있으면 피가 다리 속에서 좌르르 흐르는 소리가 들린다. 근육이 늘어나는 듯한 소리도 들린다. 미세한 전류가 통하는 느낌이다. 나도 모르게 미소가 피어오른다. 근육이 붙고, 몸이 단단해지고, 끓어오를 듯한 피가 흘러다닌다.

나는 갈수록 눈에 띄게 도드라지는 종아리 근육과 불뚝 불거지고 있는 다리 앞쪽을 바라보았다. 얼마나 오래전부터 해온 연습인지는 잘 기억나지 않지만 바다에 살 때도, 육지에 살 때도 전혀 본 적이 없는, 새로운 두 다리가 내 몸에 생겼다는 사실만큼은 알게 되었다. 그뿐만이 아니라 두 다리가 교차하는 지점에 새로 생긴 것이 또 있었다. 그 사이에는 하나의 연못이, 하나의 터널이 자리했다. 동화는 말해주지 않는 불편한 진실이다.

나에게 언니가 있을지도 모른다는 생각이 든다. 내가 바다에서 왔듯이 언니도 그럴 것이다. 언니와 나는 나이도 얼마 차이 나지 않으며 몸속에는 같은 피가 흐르고 있다. 언니는 내 신체의 일부분, 그것도 내 몸에서 가장 좋은 일부분이다. 나에 대한 미움도 없고 나에게 바라는 것도 없는 나의 일부분.

인어는 천성적으로 식물을 좋아한다. 나는 바람 한 점 불지 않는 평온한 날씨를 상상하며, 인어들이 바닷속에서 고개를 들면 태양을 바라볼 수 있다고 생각한다. 인어 눈에 비친 태양은 활짝 핀 한 송이 꽃과도 같다. 꽃잎은 중심에서부터 소용돌이 형태로 펼쳐져 태양 꽃으로 자라난다. 나는 내 작은 정원을 태양 형태로 꾸미고, 언니들도 각자의 기호에 따라 저마다 작은 화원을 꾸민다. 정원의 꽃밭을 고래 모양으로 꾸민 큰언니는 그 위에 누우면 고래를 타고 파도를 헤쳐

나가는 듯한 기분이 든다고 한다. 화단을 인어 모양으로 만든 또다른 언니는 당연히 본인을 모델로 했을 것이다. 우리는 틈만 나면 가라앉은 배의 잔해 속에서 보물을 찾아내 나만의 작은 공간을 장식한다.

내 작은 정원은 아주 단순하다. 완벽한 동그라미 형태의 화단 딱 하나만 만들어놓고, 금빛으로 반짝이는 작은 꽃들만 심어놓는다. 화단이 태양처럼 보였으면 하는 마음에서다. 화단 옆에 장식품도 하나만 갖다놓는데, 오래전 난파선에서 찾아낸 하얀 대리석의 소년 조각상이다. 그 조각상을 내 태양 모양의 화단 옆에 세워두니 언제부터인가 조각상 옆에 장밋빛 나무가 자라났다. 그 나무는 마치 버드나무처럼 길고 부드러운 가지가 해류에 따라 흐르듯 흔들린다. 그 가지들은 한 가닥의 선율처럼 조각상 얼굴을 스쳐지나가고, 다시 가볍게 고운 모래를 슬쩍 매만진다. 나는 그 나뭇가지가 흐느끼는 연주를 하는 거라고, 아름답다못해 구슬픈 음악을 노래하는 거라고 거의 확신한다.

사랑 때문이 아니라 삶이 힘들어서, 영혼의 상처 때문에, 영원토록 사라지지 않기 위해서.

조안나 루니스의 춤을 처음 본 순간, 온몸이 달아오르면서 목구멍이 조여들고, 눈에서는 눈물이 주르륵 흘러내렸다. 그

전까지만 해도 이 세상에 인어는 나 하나뿐이라 생각했다. 나 혼자만 인어의 몸으로 도시에서 살아가는 줄로만 알았다. 딱 보자마자 루니스도 인어가 틀림없다고 알 수 있었다. 다만 나와 멀리 떨어져 있을 뿐이었다. 화면으로 손을 뻗어 꼬불꼬불한 짧은 금발머리를 쓰다듬어보고 싶어졌다. 루니스의 탄탄한 팔다리를, 건장한 몸매와 대비되는 여성스러운 부드러움을.

루니스는 당당하고 화려한 한 마리 새와 같았다. 불룩 나온 가슴을 쫙 내밀고 스텝을 밟는 모습은 세심하면서도 대범해 보였다. 새 한 마리가 고개를 삐죽 내밀고 한 발 한 발 내딛으며, 이제껏 본 적 없는 이 세상 형형색색의 아름다움을 호기심 어린 눈으로 진지하게, 요리조리 살펴보는 것 같았다.

"루니스는 진짜 최고예요. 정말 대단하던데요."

둥니 선생님에게 루니스가 언젠가는 세계 정상에 오를 거라고 운을 떼었다. 선생님은 영상을 한 번 더 보더니 웬만해서는 단언하지 않는 평소 모습답게 이렇게 대답했다.

"아직은 이르지."

선생님은 브라이언 왓슨과 카르멘 빈슬지* 커플이 블랙풀 세계 일위 왕좌에 앞으로 몇 년은 더 앉아 있을 거라고 응수했다. 카르멘은 아직 따라잡을 자가 없는 '춤의 여왕'이라고 덧붙이기도 했다. 둥니 선생님은 카르멘 전에는 여자 댄서들이 모두 머리를 길러서 올림머리를 했는데, 어느 날 검고 긴 머리를 고수하던 카르멘이 일자 앞머리에 짧은 보브 커트를 하고 머리 장식도 덜어내는 간결한 스타일을 선보이자, 후발 주자 대부분이 머리를 검게 물들이고 클레오파트라 같은 단발로 잘라 카르멘처럼 되고 싶어했다고 말해주었다.

선생님은 무엇보다 카르멘이 남다른 방식으로 추는 춤이 인상적이라고 말을 이었다. 카르멘 이전에는 여자 댄서들이 화려하고 아름다운 춤을 췄다.

"카르멘은 여신이야. 여신. 화려한 기교는 없어도 카르멘의 제왕적 카리스마를 따라갈 사람은 없어."

선생님은 나를 쳐다봤다.

"반면 루니스는 무게중심을 높게 잡거든. 발레나 재즈댄스의 영향을 받아서인지 확실히 다른 춤을 춰. 댄스스포츠의 전통적인 분위기가 흐르는 몸이 아니라고. 블랙풀 심사위원 중에 전통을 중요시하는 이가 많은 건 잘 알고 있지? 루니스

---

* 1999년부터 2007년까지 9회 연속 세계 라틴댄스 챔피언을 기록한 선수.

가 우승하려면 우선 무게중심부터 낮춰야 해. 다른 춤의 특징을 없앤, 댄스스포츠 본연의 춤을 춰야 한다고."

내가 루니스의 춤을 좋아하는 건 루니스가 세계 정상의 자리와 거리를 두려고 한다는, 둥니 선생님의 견해 때문인 것 같았다. 루니스는 다른 춤의 특징을 라틴댄스에 접목시켜 자기만의 장르를 만들어냈다. 가장 인상적인 건 루니스가 지닌 신비로운 표현력이다. 루니스는 춤 자체에만 매몰되지 않고 단 몇 분 만에 하나의 이야기를 들려주는 듯한 신기한 능력이 있는 댄서다. 그것도 무척 세세하고 다채롭게, 그리고 매우 호소력 있게 이야기해주는.

루니스는 룸바 영상 속에서 짧디짧은 삼 분 동안 마치 슬렁슬렁 집밖으로 나가 연인과 함께 샹젤리제를 거니는 듯한 느낌을 재현했다. 나는 얼굴에 스치는 바람을 느꼈고, 길가의 나뭇잎이 흩날리는 소리를 들었다. 춤에서 초가을의 애틋함을 느낄 수 있었다. 이별의 아쉬움이 아닌 말이 필요치 않은 달콤함을 그려냈다. 아름답고 섬세한 장면에 울컥 눈물이 나왔다.

카르멘, 파올라, 마리나처럼 이미 챔피언 자리를 꿰찼거나 장차 카르멘의 뒤를 이을 차세대 주자로 주목받는 댄서들은 뛰어난 체형과 격앙된 감정으로만 승부하려 하고, 호소력이

나 무대 장악력, 표현력은 부족한 편이다. 반면 루니스는 아주 세심하고 또 세밀하게, 심지어는 손가락에도 스토리가 숨어 있는 듯 표현하는 간결한 춤을 통해 섬세하고 아름답게, 빠르지도 느리지도 않게, 스토리 한 토막을 전달한다.

그래도 둥니 선생님은 생각을 바꾸지 않았다.

"루니스가 아무리 대단하다고 해도 네가 방금 짚어낸 포인트는 댄스스포츠 심사위원이 원하는 것들이 아니야. 루니스가 우승하려면 그런 것부터 고쳐야 해."

벨기에 출신인 루니스는 댄스스포츠계의 특이 케이스다. 워낙 책을 좋아하는 애서가여서인지 말하는 걸 들어보면 엘리트 느낌이 물씬 난다. 그러면서도 행동거지나 눈빛, 목소리에서는 할리우드 초기 뮤지컬에 어울릴 법한 섹시함과 요염함이 묻어나와 묘한 대비를 이룬다. 루니스는 어릴 때부터 잔병치레가 많아 일 년 내내 학교를 못 나간 적도 있다. 집에서 책만 읽다가 가족의 권유로 춤을 배우기 시작했다. 그때부터 발레, 재즈댄스, 현대무용 등 각종 춤을 섭렵했고 그러다 댄스스포츠와도 인연을 맺게 되었다.

루니스도 처음부터 순조롭기만 한 건 아니었다. 파트너 문제로 골머리를 앓았는데, 파트너를 구하는 게 어려웠던 건 아니었다. 댄스스포츠 대가들이 루니스의 실력을 처음부터 알아보았기 때문이다. 둥니 선생님 말대로 연습에 공을 들여야 겨우 눈에 띨까 말까 한 사람이 있는가 하면 루니스처럼 태어날 때부터 소질이 있는 사람도 있었다. 루니스는 무게중심이 신기할 정도로 잘 잡혀 있고 착지도 날렵하고 안정적이었다. 기본적인 역량에 개인적인 해석까지 더해진 동작들을 보여주는 댄서였다. 세계적인 선수들이 하나같이 다 루니스의 파트너가 되고 싶어했다. 하지만 반년, 많게는 일 년 정도 같이 해보고는 다들 결별을 선언했다. 세계의 내로라하는 대가였던 남자 선수들이 안무나 연습은 물론, 루니스의 스타일이나 미적 감각을 필요로 하는 표현력, 심지어는 복장이나 헤어스타일까지 쥐락펴락하려 했기 때문이다. 그렇다고 루니스의 실력이 뒤떨어지는 건 또 아니었으므로 사사건건 부딪힐 수밖에 없었다.

루니스가 몇몇 남자 댄서들과 파트너였을 때, 무대 위에서는 딱 붙어 뒤엉켜 있다가도 밑에서는 서로 말 한마디 하지 않고 얼굴도 쳐다보지 않았다.

잘난 사람끼리 춤을 추다보니 그 지경이 되었고, 루니스는 더이상 같이 출 사람이 없었다. 결국 루니스는 슬로베니아 출신인 마이클 말리토스키*를 찾아냈다. 마이클은 사실 평범한 선수였다. 그동안 루니스와 파트너들의 춤을 지켜본 이들은 루니스가 더이상 좋은 파트너를 찾지 못할 거라 생각하며, 차라리 차세대의 신인과 손을 잡는 게 나을 거라 여겼다. 그러나 루니스는 마이클을 만난 뒤 최고의 커플이 되어 환상의 조합을 만들어냈다.

둘이 처음 커플이 되었을 때, 마이클의 실력이 뒤떨어지는 건 사실이었지만 사자성어인 '근묵자흑'이라는 말처럼 함께하는 사람이 뛰어나면 그 실력을 따라가기 마련이었다. 마이클은 단번에 안정적인 버팀목으로 성장하여 파트너가 꽃처럼 활짝 필 수 있도록 도와주는 충실한 나뭇가지가 되었다. 혹시라도 본인의 남성미에 가려져 파트너가 제대로 빛을 못 볼까봐 배려해주기까지 했다.

남자 댄서는 대부분 파트너를 통제하려 하고, 경쟁 상대로 본다는 걸 댄스계에서는 모르는 사람이 없는데도 말이다.

루니스와 마이클은 커플이 되자마자 센세이션을 일으켰다. 은백색 머리카락이 두피에 딱 달라붙어 있는 것처럼 보일 만큼 짧은 숏컷을 고수하는 루니스는 분위기를 살려주는 무대의상을 입고 창의력 넘치는 자신만의 안무를 선보였

---

* 2008년부터 2009년까지 2회 연속 세계 라틴댄스 챔피언을 기록한 선수.

다. 상냥한 말투와 사근사근한 억양으로 여성미를 물씬 풍기면서도 카르멘 못지않은 스타성을 입증했다.

루니스 커플은 블랙풀을 비롯한 서양의 각종 대회에서 일등 커플인 카르멘과 왓슨을 바짝 뒤쫓으며 안정적으로 이등 자리에 올라섰다. 카르멘과 왓슨이 블랙풀에서 은퇴를 선언한 이듬해에는 결국 챔피언 자리에 등극했다.

그렇다고 둥니 선생님의 말이 완전히 틀린 건 아니었다. 내 눈에도 루니스 커플이 일종의 타협점을 찾은 듯 보였다. 루니스는 무게중심을 낮췄고 특별한 공연이 아닐 경우에는 다른 춤의 특징이 드러나지 않도록 애썼다. 전통을 중시하는 대가들의 기대치에 맞게 '정통 댄스스포츠'를 보여준 셈이다. 댄스스포츠계는 타협을 시도한 루니스 커플에게 '우승'이라는 확실한 보답을 돌려주었다.

루니스는 본인에게 등을 돌렸던, 본인보다 상위권에 랭크되어 있던 남자 파트너들을 모조리 제쳐버리는 영광을 안았다.

유린의 아버지가 나를 만나보고 싶어했다.

유린은 중국에 있는 아버지가 보름 동안 휴가차 타이완에 들어와 있을 예정이라며, 아들이 어떤 여자와 연습을 같이 하는지, 실력이 어느 정도 되는 사람인지 직접 보고 싶어한다고 전했다.

유린 아버지는 내가 둥니 선생님의 제자라는 말을 듣고 나서는 한층 더 내 실력을 확인해볼 필요성을 느꼈다. 그래야 본인 아들과 계속 춰도 될 만한 인물인지 알 수 있을 것 같다고 했단다.

그 말을 전하는 순간 유린의 두 눈이 번뜩였다. 짓궂은 광기가 흐르는 눈빛에서 이미 예견할 수 있었다. 소년의 심술맞은 광기는 몇 년이 흐르면 어른의 무시무시한 악의로 변할 것이란 사실을. 거만한 소년이 내놓던 오만한 요구 사항과 건방진 태도는 본인이 잘났다는 감정에서 나온 것이 아니라 유전적인 무례함에서 나온 것일 뿐이라는 생각이 무심결에 들었다.

아버지가 면접을 보고 싶다고 하면 되는 거 아닌가? 우리 아들이랑 어울리는지 한번 보고 싶다고 말이다.

나는 미소를 지으며 고개를 끄덕였다.

"좋아, 안 될 거 없지, 뭐."

일요일 오전, 난징시루에 있는, 한 번도 가본 적 없는 구시가지 골목에서 유린과 만나기로 했다. 유린 아버지가 같이 가보자고 한 곳은 듣도 보도 못한 장소였다. 이 도시에 살면서도 새로 개발된 뉴타운 쪽만 가봤던 터라 그 정도로 후락한 곳이 있을 줄은 미처 몰랐다. 아직은 그래도 어린 나이인 유린이 본인 나이보다 훨씬 오래된 구시가지를 구석구석 잘 알고 있다니 놀라웠다. 분명히 아버지와 함께 그 동네 댄스홀을 자주 다녔으리라. 유린 아버지도 댄스홀에서 학생들을 가르친 적이 있다고 둥니 선생님에게 들은 적이 있다.

댄스홀에서 레슨을 하면, 스튜디오를 세운 원장과 함께 수강료를 모아 월세를 낼 필요가 없고 댄스홀 입장권만 구매하면 그만이었다. 나라에서 춤을 금지하던 시절에는 댄스홀이 남녀가 몰래 만나 정을 통하는 음지였다. 신분이 불분명한 사람들끼리 어두침침한 조명 아래 몸을 흔들어대는 곳이었다. 애인을 만들고 싶은 남녀, 밀회 장소가 필요한 부잣집 마나님, 잠깐씩 댄스 레슨을 하러 온 선생과 학생 들이 서로 누구인지도 잘 모른 채 홀에 모여 부둥켜안고 춤을 췄다. 둥니 선생님의 스튜디오 분위기와는 전혀 달랐다. 환하게 빛나는 불빛에 창문이 활짝 열려 있고, 스트레칭을 하는 젊은 선수로 가득하며, 모두 거울 앞에서 기본기를 죽어라 연습하면서, 올림픽을 준비하듯이 피땀 흘려 최선을 다하는 공간과는 사뭇 달랐다. 둥니 선생님은 어떻게 해서라도 댄스홀에서만큼은 레슨을 하지 않으려고 했다.

 햇빛이 쨍한 아침 아홉시, 숫자가 적힌 티셔츠에 통 넓은 청바지를 입고 야구 모자를 쓴 채 나타난 유린은 평범하고 잘생긴 남학생처럼 보였다. 길목에 서 있다 고개를 돌리더니 웬일인지 환한 미소를 지으며 나를 바라보았다. 금빛 햇살이 몸과 얼굴로 쏟아져 풋풋한 소년의 모습을 빛냈다. 그 순간만큼은 나만 보면 눈을 부라리며 짜증을 내고, 악에 받치기라도 한 듯 폭력적인 태도로 일관하던 유린이 아니었다. 찬란한 청춘 한가운데서 금빛으로 빛나는 아름다운 존재였다. 나를 향한 미소 또한 더없이 따사로웠다.
 눈앞의 장면에 감동이 밀려와 순간 머릿속이 멍해졌다. 그렇다고 이 소년을 전적으로 믿게 된 건 아니었다. 이 상황을 완전히 신뢰할 수 없었기에.

 유린은 나를 데리고 아직 문을 열지 않은 경양식집과 건어물 가게를 지나 재개봉관 옆 골목에서 우회전을 했다. 다음 골목에서 사당을 지나 은행 옆문으로 빠져나오니 또 큰길이 나왔다. 상가건물 입구에 유린 아버지가 서 있었고 그 뒤로 어머니와 형이 보였다.

댄스 파트너를 심사하려고 온 가족이 출동하다니, 정말 혀가 내둘렸다.

나도 모르게 뒷걸음질쳤다.

가만히 고개를 들어 유린을 쳐다보자 유린이 내 귀에 대고 위로 아닌 위로를 해주었다.

"우리 가족은 댄스홀에 자주 다녀요. 오늘은 그쪽도 같이 만나기로 약속을 한 것뿐이고. 형도 가끔 친구나 여자친구를 데려와서 같이 추거든요."

댄스홀은 처음이었다. 괴괴한 정적마저 감도는, 쓸쓸히 저물어가는 구시가지에 자리한 댄스홀은 아침 아홉시인데도 사람들로 꽉 들어차 있었다. 어스름한 조명 탓에 저녁 무렵 느낌이 났다. 누군가는 지금쯤 밝은 햇살 아래 살랑거리는 바람을 느끼며 브런치를 즐기고 있을 텐데, 그런 주말 아침의 광경이 아니었다. 나는 그동안 둥니 선생님에게 레슨받는 스튜디오나 단체반 수업이 있는 스포츠 센터에서만 춤을 춰왔다. 댄스스포츠 대회나 대규모 공연은 큰 호텔의 연회장 또는 체육관에서 진행된다고 알고 있었다. 간혹 댄스홀에 대해 들어보기는 했어도 어떤 곳일지 생각해본 적은 없었다.

유린 아버지는 자리에 서서 눈을 둥그렇게 뜨고 나를 위아래로 훑어보았다. 진하고 두꺼우면서 거꾸로 솟아 있는 유린 아버지의 눈썹이 도드라져 보였다. 순간 콧방귀를 뀌는 듯한 소리가 났는데 나에게 하는 인사 같았다. 유린 아버지가 건물 안으로 앞장서서 들어갔다. 지하에 자리한 댄스홀이었다. 계단을 내려가니 눈앞이 캄캄해지면서 아무것도 보이지 않았다. 눈이 어둠에 적응하고 나서야 노르스름한 불빛이 보이고 음악이 귀에 들어왔다. 많은 이들이 짝을 지어 춤을 추고 있었다. 나는 눈앞에 펼쳐진 흥미로운 광경에 몸이 얼어붙기라도 한 듯 꼼짝 않고 지켜보았다. 별다를 것 없는 주말, 도시의 후미지고 구석진 곳에 있는 작디작은 댄스홀에 이리도 많은 사람이 모여 있다니. 소리 없는 입자가 공기 중을 날아다녔다. 서로 부둥켜안은 사람들도 있고 선생과 학생이 같이 춤을 추고 있기도 했다. 대다수는 유린의 부모와 비슷한 연배였고, 일대일로 거울을 보며 자세를 교정하거나 삼삼오오 모여 이야기를 나누고 있었다.

 음침한 분위기의 댄스홀은 비밀단체의 집회 장소처럼 보였다. 유린의 가족이 전부 들어오고 나서 둘러보니 유린과 형, 그리고 내가 이 댄스홀에서 가장 어린, 의외의 방문객이었다.

아니, 불청객은 나 혼자였다. 유린과 그 형은 꽤 익숙해 보였으니 말이다. 그만큼 자주 부모를 따라 들락날락했으리라. 유린은 평상시와 다르게 친절한데다 언행도 부드럽고 화를 내지도 얼굴을 붉히지도 않았다. 내가 화장실에 가고 싶다고 하면 데려다주고 밖에서 기다려주기까지 했다. 이보다 더 자상할 수는 없었다. 눈을 흘기며 씩씩대지도 않았고 신경질을 내거나 나가버리는 일도 없었다. 그런 모습을 보고 있자니 오히려 가시방석에 앉은 기분이었다.

유린은 어서 댄스화로 갈아 신으라며 연습을 시작해야 한다고 했다.

"연……습? ……여기서?"

말이 제대로 나오지 않았다. 밝은 스튜디오가 아닌 데서는 춤을 춰본 적이 없었다. 이렇게 어두운 곳에서는 더더욱.

"춤이라니…… 무슨 춤, 여기서?"

"빨리요. 아빠가 기다리잖아요. 그냥 아빠가 추라는 거 추면 돼요."

유린은 애가 타는지 조그만 목소리로 재촉했다.

유린보다도 콧대가 높은 아버지는 자기 마음대로 해야 직성이 풀리는 사람이었다. 유린이 오늘 내내 실수할까봐 조심하는 평범한 아이처럼 군 이유는 아버지가 있기 때문이라는 걸 그제야 깨달았다. 유린은 아버지가 무서워서 얌전히 행동했고 큰소리를 치지도 않았다. 제멋대로 구는 평상시 모습과는 완전히 달랐다. 그런 유린을 보니 너도 별수없는 애구나 싶으면서도 속이 다 후련했다. 내 시선은 이내 유린 아버지 쪽으로 쏠렸다.

유린 아버지가 기본 스텝을 해보라고 시켰다. 나는 가만히 거울에 비친 내 모습을 바라보았다. 시공간을 뛰어넘어 여기 있는 사람들을 머릿속에서 지워버리고, 유린의 존재도 잊어야 했다. 지금 이 시공간에는 나 홀로 있다고 생각해야 했다. 어두컴컴한 탓에 거울 속에 비친 내 두 눈은 외계인처럼 푸른 빛을 띠고 번뜩였다. 긴 머리는 어깨까지 흘러내려 있었고 얼굴은 평상시보다 수척해져 있었다. 거울에 비친 내 모습을 보며 살며시 고개를 끄덕였다. 또다른 나 자신을 인정하기라도 한다는 듯이. 이런 나 자신을 영원히 사랑하겠다는 듯이.

거울 속 나에게 다가가 룸바 기본 스텝을 밟기 시작했다.

유린 아버지는 한마디도 하지 않다가 유린에게 나와 같이 워킹 스텝을 밟아보라고 했다.

칭찬도 지적도 하지 않은 채 아무런 말 없이 쳐다만 봤다.

음악이 한 곡 끝나자 이인무의 기본 동작인 언더 암 턴, 포워드와 백워드 워크, 스폿 턴을 주문했다.

음악이 바뀌자 유린 아버지는 내 손을 잡아끌고 유린을 스쳐지나가 차차차를 추기 시작했다. 내 움직임이 얼마나 감각적인지 테스트해보고 싶었던 것 같다.

내 실력을 가늠해보는 자리였기에 내가 유린 아버지를 평가할 마음은 없었다. 다만 박자는 정확해도 몸에서 느껴지는 감각은 조급했다. 동작을 정박에 시작하면서도 순간순간 작지만 과장된 제스처가 습관적으로 나왔다. 둥니 선생님이 아줌마, 아저씨들에게 그러면 촌스러워 보인다고, 고급스럽지 않으니 고쳐야 한다고 늘 강조하던 부분이었다.

춤을 추다보니 워크를 어떻게 저런 식으로 할까 싶어져 유린 아버지의 실력이 전혀 대단치 않아 보였다. 기껏해야 춤을 출 줄 아는 것뿐인데 왜 단체반 아줌마와 아저씨들은 이 사람이 무슨 대가라도 되는 듯이 대우할까. 댄서는 자신감만 있다면, 분위기를 압도할 수만 있다면, 다른 이들 눈에는 뭔가가 있는 것처럼 보일지도 모른다.

유린 아버지는 나와 춤을 추고 나서 다시 유린에게 둘이 춰보라고 했다. 둥니 선생님이 어떤 안무를 새로 알려줬는지 궁금해했다. 유린의 형은 동생보다 잘생기고 예쁘장한 얼굴이었다. 하얀 피부에 크고 맑은 눈망울이 돋보였고 인상도 좋았다. 딱 봐도 가족 중에 유일하게 다정하고 말이 통하는 사람일 것 같았다.

유린의 형은 핸드폰을 들여다보고 있었고 어머니는 다른 사람과 수다를 떠는 중이었다.

유린 아버지는 새로운 안무를 보고도 가타부타 말이 없었다. 제 잘났다는 듯이 팔짱을 낀 채 무언가 자세를 지적하려는 듯 보였지만 결국 아무 말도 하지 않았다.

댄스홀도 점심때는 쉬는 시간이었다. 우리는 어둑한 댄스홀을 빠져나왔다. 정오의 강한 햇살이 눈을 파고든 순간 우리 모두 눈을 가늘게 뜬 채 침묵에 잠겼다.

눈을 다시 뜨자 도시 한복판의 현실로 되돌아와 있었다.

유린의 가족은 매우 오래된 스테이크집으로 나를 데리고 들어갔다. 사십 년도 더 전에 유행하던 서양 식기 세트에 오래전 인기 있던 옥수수 껍질로 만든 걸쭉한 수프가 먼저 나왔다. 날 관찰하는 유린 아버지의 시선이 노골적이고 집요한 데 비해 유린 어머니는 나에게 전혀 관심이 없었다. 두 아들에게도 별다른 신경을 쓰지 않았다. 긴 머리만 줄곧 쓸어올릴 뿐이었다. 일부러 그러는 건지 아니면 습관적으로 여성스러움을 드러내고 싶어서인지는 알 수 없었다. 어깨가 드러나고 가슴이 훤히 패인 짙은 보라색 상의를 쉬지 않고 매만지다가 문득 긴 머리를 한쪽 어깨로 모아 넘겼다. 한 손으로 얼굴을 괸 채 남편에게 오늘 저녁은 어디서 약속이 있는지, 누구랑 밥을 먹기로 했는지 등등을 코맹맹이 소리로 물었다.

유린 아버지는 부인을 귀여워했지만 가부장적이고 권위적인 태도를 거둘 생각은 없어 보였다. 언제든 다른 사람을 자기 입맛대로 부릴 수 있다는 걸 과시하고 싶어했다. 큰아들만 편애하느라 유린 아버지의 엄격함은 죄다 작은아들 쪽을 향해 있었다.

유린이 아버지를 무서워하는 이유가 짐작되면서도 고것 참 쌤통이라는 생각도 들었다. 사소한 일에도 얼굴을 붉히고, 다른 사람을 조종하려 하고, 언제 화가 폭발할지 모르는 유린의 평소 모습은 부모의 사랑을 받지 못한 아이에게서 나타나는 전형적인 증상이었다.

유린 어머니는 백옥 같은 피부에 길고 가는 눈이 매력적이었다. 진한 아이라인이 눈에 띄었고 애교에는 누구보다 자신 있다는 듯이 보였다. 유린의 형은 어머니를 닮아 피부가 새하얗지만 키는 아버지를 닮아 그리 크지 않았다. 유린은 까무잡잡한 편이었는데 키는 어머니를 닮아 꽤 컸다.

유린 어머니는 쉴새없이 혀 짧은 소리로 아양을 떨었다. 자식이 옆에 있건 말건 상관하지 않았고, 아들들도 어머니가 그러든 말든 곤란해하는 기색은 찾아볼 수 없었다. 다만 유린 어머니는 코맹맹이 소리를 내면서도 말을 좀 더듬었고 말이 빨라지면 더 심해졌다.

유린의 가족은 하나같이 팀 버튼 영화에서 걸어나온 캐릭터 같았다. 평범한 가족처럼 보여도 다들 사소한 행동 하나하나가 은근히 기괴했다. 유린의 형이 유일한 정상인이었다. 유린의 형만 정상적인 대화가 통하는 사람이었고, 툭하면 잘난 척을 해대거나 벌컥 화를 내는 경우도 없었다. 하지만 가족 중에 유일하게 스탠다드댄스를 추지 않는 인물이기도 했다.

"어릴 때부터 부모님께 춤을 배웠어요. 그 덕에 조금 출 줄은 알아도 계속 추고 싶지는 않았어요. 유린은 그만두지 않고 쭉 춤을 췄고요."

유린의 형이 미소를 짓자 왼쪽 볼에 움푹 팬 보조개가 도드라졌다.

"가족들이랑 댄스홀은 같이 다녀요. 여자친구도 와서 같이 출 때도 있고요. 살사도 재미있던데요? 요즘에는 젊은 사람들끼리 댄스홀에서 살사 추는 게 유행이잖아요. 아버지도 살사를 무척 좋아하세요. 가족 행사나 마찬가지죠, 뭐. 다음에 또 오시면 저랑 한두 곡 같이 춰봐요."

유린 아버지는 식사를 하던 도중 불쑥 입을 열었다.

"박자는 안정적인 편이네. 유린이랑 같이 연습 많이 해봐요."

나를 인정한다는 듯한 말투였다.

유린의 형과 대화를 나누자 유린은 뭐가 불만인지 경계하는 눈초리로 우리 쪽을 쳐다봤다. 흥미로운 상황이었다. 그 순간만큼은 유린이 나보다 춤에서 더 많은 주도권을 갖고 있지 않은 듯했다.

조안나 루니스 전에는 빅토리아 프라노바를 동경했다. 루니스가 챔피언이 되었을 때 둥니 선생님에게 빅토리아의 뛰어난 점을 자신 있게 늘어놓았다. 선생님은 빅토리아가 십위권에도 못 들어간 댄서이고 앞으로 아무리 잘해봐야 고작 칠팔위에 머물 거라고 말하며 의심쩍어하는 내 눈빛에 응수했다.

의견을 굽히기 싫어서 나는 고개를 가로저었다. 빅토리아의 춤은 사랑에 빠져 헤어나지 못하는 여자 같았다.

"룸바요. 빅토리아의 룸바 동영상을 한번 보세요."

선생님은 대꾸할 가치도 없다는 듯한 표정을 지었다.

일주일 뒤 개인 레슨이 끝나고 선생님이 목소리를 가다듬었다.

"빅토리아도 춤은 웬만큼 추지. 룸바도 괜찮고. 그런데 그냥 그뿐이야."

"네? 일등과 이등은 누구나 다 예상할 수 있잖아요. 저는 그 이상을 볼 수 있는 눈이 있어요."

나는 말을 이었다.

"기다려보세요. 리카르도 코치*가 기대돼요. 나이 차이가 많이 나는 연상의 파트너인 조앤 윌킨슨이 원래 리카르도의 춤 선생님이었대요. 그러다 파트너가 되고 실제 커플까지 된 거죠."

"기다려봐야 소용없어. 그 커플, 갈라섰어. 리카르도가 춤 선생을 차버렸다고. 누구랑 또 파트너가 될지는 모르겠지만 아마 한참 걸릴 거야."

선생님은 다시 빅토리아 얘기를 꺼냈다.

"근데 빅토리아는 루니스가 아니야. 단언컨대 커리어가 평생 그 수준에 머무를 거라고."

"선생님이 어떻게 아세요?"

---

* 2010년부터 2019년까지 10회 연속 세계 라틴댄스 챔피언을 기록한 선수.

"십 년을 같은 파트너하고만 췄잖아. 클라우스 콩스달은 빅토리아보다 실력이 떨어지는 파트너인데도 빅토리아가 파트너를 교체하지 않았어. 빅토리아가 파트너한테 충성을 다한 셈인데도 정작 클라우스 콩스달은 실력이 안 늘었잖아. 앞으로도 파트너를 바꿀 일은 없을 것 같고. 지금 파트너만 고수한다면 빅토리아의 실력이나 커리어는 그 자리에 머물고 말 거야."

룸바나 차차차, 그리고 내가 가장 좋아하는 자이브 모두 남녀의 사랑을 표현하는 춤이었다. 연습할 때도 서로를 이성의 느낌으로 대해야 하느냐고, 선생님은 그럴 때 어떻게 하느냐고 물었다.

"연기하는 거지. 춤은 공연이잖아. 연기도 공연의 일부고. 사랑한다고 생각하면서 추면 실제로 사랑하는 것과 다를 바 없어."

"그게 잘 안되는 경우도 있나요?"

"이탈리아 선수인 필리포 쌍둥이 남매 커플은 움직임이 로봇처럼 화려하고 스피드도 있어. 둘 다 최고 수준이지. 놀라울 정도이긴 하지만 관객이나 심사위원이 어차피 두 사람은 혈육이란 걸 알고 있으니까 아무리 해도 남녀의 사랑을 느낄 순 없겠지. 남매한테 억지로 사랑을 표현하라고 하면 힘들 거 아니야. 표현한다 해도 팬들이나 심사위원들은 혼란스러울 뿐이야. 그게 바로 필리포 커플이 높은 순위로 올라가지 못하는 이유겠지. 대단한 점수를 받을 정도로 잘한다 해도 아름답지도, 감동적이지도 않기 때문 아닐까?"

필리포 쌍둥이는 돌연 자취를 감췄다. 몇 년 뒤 남동생이 다시 대회에 출전했는데 파트너는 누나가 아닌 다른 사람으로 바뀌어 있었다.

7

 둥니 선생님이 새로운 파트너를 찾았다고, 내 개인 레슨이 끝나면 바로 파트너와 연습을 하기로 했다고 귀띔해주었다.
 가방을 챙기고 있는데 선생님이 말한 파트너가 들어왔다. 선생님은 우리를 서로에게 소개시켜주었다.
 인연이란 참 신기하다. 지난번 대회에 참가한 선수들 중에 나에게 익숙한 느낌을 주던 그 여자였다. 스팽글이 달린 골드브라운 의상에 클레오파트라처럼 눈화장을 하고 순서를 기다리던, 무리 속에서 크게 웃던 그 여자였다.
 선생님은 파트너 이름이 광시라고 알려주었다.

선생님은 일 년 남짓 파트너를 쉴새없이 갈아치웠다. 광시와는 얼마나 갈 수 있을지 미지수였다.

광시는 선생님의 전 파트너였던 즈언과 체형이 비슷했다. 팔다리가 길고 늘씬하며 탄력이 있는 몸매였다. 하지만 선생님은 파트너 문제로 상처를 많이 받은 터라 이제는 어떤 파트너를 만나더라도 즈언에게 했던 것처럼 너그럽고 자상하게 대하려 하지 않았다.

선생님은 내가 유린과 정식으로 파트너가 되어 특별 레슨도 같이 받고 싶어한다는 걸 알고 나서 여러 차례 경고한 바 있었다.

"절대로 절대로 걔 수강료는 내주면 안 돼. 본인이 알아서 수업에 나오도록 만들고 너랑 같이 수업을 듣고 싶게 만들어야 돼. 걔를 도와주고 돌봐주는 건 상관없지만 돈까지 대신 내줄 필요는 없어. 그럼 그 자식은 너를 더 우습게 볼 거고 네 성의를 당연하게 생각할 거라고."

나는 무슨 말인지 알겠다고 대답했다.

누구와도 잘 지내는 편이었던 광시는 나에게도 잘해줬다. 본인은 댄스계에 속한 사람이라 생각하지 않는다는 점이 특이하긴 했다. 자기 자신을 댄서라고 인식하지도 인정하지도 않았다. 그렇다고 다른 포부가 있는 것도 아니었다. 광시는 스스로를 아웃사이더라고 여겼고, 댄스계의 일원이 되려는 마음도 없었다. '춤'이라는 페이지에 인생의 큰 비중을 두고 싶어하지 않았고, 춤이 아닌 다른 세계에 관심이 많았기 때문이다. 광시와 나는 시시콜콜한 이야기를 나누는 사이가 되었다. 영화 〈어벤저스〉나 강황의 효능, 이브 클랭이 발명한 '클랭 블루'라는 색깔, 파마 후 모발 관리법, 윌리엄 왕자의 눈동자 색깔이 어떤 녹색인지처럼 별별 이야기를 다 나누곤 했다. 광시는 누구와도 친근하게 지내며, 웃을 때도 소탈하고 호탕한 매력이 번지는 사람이었다. 대회를 앞두고 긴장한 탓에 밥을 못 먹거나 어느 대회 일등을 꼭 거머쥐겠다는 야심을 보인 적도 없었다. 오히려 이런 점이 스튜디오의 야심만만한 선수들과 두루두루 잘 지낼 수 있는 비결일 터였다.

하지만 나는 광시의 자유롭고 대범한 모습에서 부드럽고 은은한 슬픔이 느껴졌다. 광시의 마음속에는 슬픔이 항상 나지막한 선율처럼 깔려 있는 탓에 춤을 비롯해 경쟁이 필요한 다른 곳에서 힘을 쓰지 못한다는 생각이 들었다.

나는 둥니 선생님이 광시와 대회에 나가면 무조건 쫓아다녔다. 공연을 한다고 하면 한달음에 달려가 응원해주었다.

선생님은 여느 때처럼 나랑 훠궈도 먹고 커피도 마셨다. 광시도 가끔 나에게 같이 놀자고 약속을 잡았지만, 셋이서 다 같이 어울리는 일은 드물었다. 선생님은 광시에 대한 판단을 보류하고 있는 듯했다. 내가 광시와 급속도로 가까워지는 걸 원하지 않아서일지도 몰랐다. 광시와 파트너로서의 앞날이 불분명했기 때문일 것이었다.

 어느 날 저녁, 광시가 예전에 만났던 남자친구 얘기를 들려주었다. 둘이 사귈 당시 광시는 대학생이고 남자는 스물여덟이었다고 한다. 물론 지금 내 나이에서 보면 둘 다 서른도 안 된 어린 나이이긴 했다. 광시는 남자친구가 날이 갈수록 이상해지는 걸 느꼈다. 헤어지려고 그러는 건지 아니면 단순히 화가 나서 그러는 건지 잘 구분이 되지 않았다. 남자는 늘 광시에게 상처 주는 말을 일삼았고, 그 얘기를 듣고 있다보면 광시가 다른 남자와 바람을 피우는 게 아닐까 의심하는 듯했다. 광시는 헤프고 천박한 여자라는 비난까지 받았다. 남자는 단순히 질투를 넘어 모진 말을 쏟아내기도 했는데, 광시가 손을 내밀어 몸을 만지려고 하면 경멸스러운 표정을 지으며 화들짝 피한 적도 있다고 했다. 광시를 밀쳐내거나 광시의 양손을 등 뒤로 꺾어 잡은 적도 여러 번이었다. 액션

인어의 발걸음

영화에서 경찰이 범인을 체포하듯 광시를 제압한 남자는 힘껏 손을 비틀다가 광시가 소리를 지르면 그제야 놔주었다고 한다.

광시는 그럴수록 더욱 조심스럽게 행동했다. 남자친구의 신경을 건드릴까봐 밥값도 모두 광시가 냈다. 다른 남자가 있는 건 아닐까 걱정스러워 그것 때문에 마음을 졸이는 거겠지, 질투가 나서 화를 내는 거겠지, 라고 생각했다. 광시는 자신 역시 자존감이 낮았을 때 만났던 이전 남자친구에게 괜히 심술을 부리곤 했던 기억을 떠올리며 지금 남자친구가 화풀이를 하는 것도 전부 사랑하기 때문일 거라 이해했다. 비록 그 원망이 무능함에서 비롯된 분노이더라도, 그녀를 잃을까 두려운 나머지 상처를 주는 것이라 여겼다.

광시는 그것이 이 남자의 사랑 방식이라 믿었기에 인내와 포용의 마음으로 버텼다. 단순히 질투가 나서, 운이 잘 안 풀려서 그런 것일 뿐이라고 되뇌었다.

남자친구는 시종일관 폭력적으로 굴다가도 가끔은 따뜻한 관심을 건네기도 했다.

"요즘 몸은 좀 어때? 괜찮아?"

생각지도 않은 질문에 광시는 기분이 좋아졌다.

"괜찮아. 근데 갑자기 그건 왜 물어?"

며칠이 흐른 뒤 남자가 다시 같은 질문을 던졌다.

"몸은 요새 괜찮아? 좀 어때?"

아무리 괜찮다고 해도 며칠이 지나면 또 몸은 어떠냐고 물어왔다. 광시는 남자가 왜 그러는지 궁금했지만 계속 괜찮다고 대답했다.

그러자 더이상 참지 못하겠다는 듯 남자가 광시를 밀치며 욕을 퍼부었다.

"야, 몸을 어떻게 굴리고 다니는 거야? 걸레 같은 년, 어떤 놈이랑 놀아났는지 내가 알 게 뭐야. 아, 더러워. 뻔뻔하기 짝이 없네, 진짜."

광시는 너무 놀란 나머지 눈물을 쏟아냈다. 억울하고 영문을 알 수 없어 혼란스러웠다. 남자는 혐오스럽다는 듯한 표정으로 폭언을 퍼부었지만 광시는 참고 인내했다. 무슨 오해가 있었던 건지 알아내고 싶었다.

광시는 참고 또 참다가 애원하는 눈빛으로 남자의 눈을 바라보았다.

"나는 오빠밖에 없어, 정말이야. 근데 왜 그런 식으로 말하는 거야? 오빠는 알 거 아냐."

"왜 그러는지 아직도 모르겠어?"

남자가 비웃었다.

"하긴, 누가 알겠냐?"

광시의 눈에서 눈물이 뚝뚝 떨어져내렸다. 광시는 어처구니가 없으면서도 당황스러웠다. 말도 안 되는 취급을 당했을뿐더러 상대가 일방적으로 난리를 치고 있는 일이었지만 그래도 남자친구와의 오해는 풀고 싶었다.

"와, 진짜 더러워 죽겠네. 너 성병 걸렸잖아. 그 더러운 손으로 어딜 만지려 그래?"

광시는 놀라서 입이 다물어지지 않았다. 어안이 벙벙할 정도였다. 강의를 듣고 논문을 쓰고 아르바이트를 하면서 남자친구를 기다리곤 했던 광시였다. 그러면 남자가 찾아와 함께 시간을 보낸 뒤 광시가 모아둔 돈을 챙겨갔다. 그 돈으로 자기 집 월세를 내고 생활비를 충당했다. 남자는 광시의 가정 형편이 좋다는 걸 알고 있었고, 광시네 집안이 자기 집 형편보다 훨씬 나으니 광시의 물건을 마음대로 가져간다고 해서 도덕이나 양심에 어긋나지 않다고 여겼다. 광시도 남자의 생각을 잘 알고 있었다.

광시의 것이라면 무조건 다 가져가면서도 남자친구는 모욕을 퍼부었다.

"내가 성병에 걸렸다고? 그게 무슨 말이야? 어떻게 그런 말을 할 수가 있어? 나는……"

광시는 온몸에 힘이 풀렸다.

"그럼 아니란 걸 증명해봐. 제대로 검사를 받아보란 말이야. 의사가 아니라고 하면 그때 믿어줄 테니까."

"내가 뭘 잘못했길래 성병에 걸렸다고 소리를 지르는 거야?"

"이거 봐. 병원에 가서 검사받겠다는 소리는 안 하는 거 보니 찔리는 게 있네."

남자친구가 확 밀치는 바람에 광시는 중심을 잃고 휘청거렸다.

"네 거기가 더러운 게 성병에 걸려서잖아? 저번에 나랑 잘 때도 그랬고 전에도 커다란 흰색 덩어리가 내 거에 덕지덕지 묻어 있었어. 네 분비물 천지였다고. 몸을 어떻게 놀리고 다니길래 그래? 그래놓고 뭐? 성병이 아니라고? 역겨워서 못 참아주겠다."

그제야 무슨 말인지 알아들은 광시는 울어야 할지 웃어야 할지 참 난감했다. 결국 울음을 터뜨렸는데 웃음이 새나왔다.

정말 어이가 없었다. 성급하게 누군가를 좋아한 대가를 치르는 걸까? 상대방이 지능은 있는지, 기본적인 상식은 갖췄는지 확인하지도 않고 만났더니 결국 머리가 텅텅 빈 깡통을 사랑한 셈이었다. 남자가 말한 분비물은 냉이었다. 스트레스를 많이 받으면 냉의 크기도 커졌고 덩어리로 뭉칠 때도 있었다. 산부인과 의사들은 냉을 농담 삼아 '치즈'라 부르기도 했다.

"성병에 걸려놓고도 웃음이 나와? 역시 걸레는 뭔가 달라도 다르네."

남자는 또 광시를 밀치더니 등을 돌려 가버렸다.

광시는 웃는 건지 우는 건지 모를 소리로 울부짖었다. 어떻게 이런 일이 일어날 수 있는지 당황스러웠지만 그래도 이 모든 사태의 원인이 자신에게 있다고 생각했다. 아무도 그렇게 무식하고 수준 떨어지는 남자를 만나라고 권하지 않았으니까. 광시는 그제야 이 멍청한 남자가 몇 개월 동안 틈만 나면 자기를 못살게 군 이유를 깨달았다. 성병 때문에 냉이 생긴 줄 알았던 것이다. 그토록 괴롭히면서도 남자는 번번이 광시가 번 돈을 뜯어내러 왔다.

내내 광시가 문란한 여자라는 망상을 펼치면서도 꼬박꼬박 돈을 챙기러 온 것이다.

어쩌면 그렇게 무지할 수가 있을까. 아무리 교육을 제대로 못 받았어도 그렇지 하는 생각에 광시는 웃음부터 나왔다. 그런 모자란 남자를 좋아한 자신에게도 실소가 나왔다. 객관적으로 보면 광시는 스스로를 깎아내린 대가로 사랑을 얻은 셈이었다. 이런 관계를 질질 끄는 것도 이제는 그만해야 마땅했다. 말도 안 되는 상황이었지만 광시는 웃음도 눈물도 삼킨 채 남자의 팔을 붙잡았다. 남자라서 여자의 생리현상을 잘 모를 수도 있다고 되뇌었다.

"그거 냉이야."

"뭔 놈의 냉이야. 너 같은 여자는 처음이야. 그렇게 큰 덩어리가 거기서. 아, 진짜 토 나오네……"

광시는 속으로 욕을 퍼부었다.

'무식한 놈아, 냉 맞다고.'

하지만 광시는 곧바로 죄책감을 느꼈다. 자기가 사랑하는 사람을 무시하면 안 된다는 생각에 부드러운 목소리로 응수했다.

"오빠, 그거 냉 맞아. 스트레스 받거나 꽉 끼는 청바지 입으면 나올 때가 있어. 덩어리로 뭉치기도 해서 치즈나 분유 덩어리처럼 보이는 거고. 성병 아니야."

남자친구는 고개를 돌리더니 더 심한 말을 내뱉었다.

"어쨌든 네가 문란하다는 걸 변명하는 거잖아. 그게 아니면 왜 검사받으러 갈 생각은 안 하는데? 의사한테 증명서를 받아 오라고."

광시는 눈물이 날 것 같았지만 고개를 끄덕이며 대꾸했다.
"알겠어. 검사받을게. 근데 검사는 어디서 해주는 거야? 어디 가서 검사를 받으면 되는데?"
남자는 득의양양한 표정으로 광시를 노려보았다.
"지금 당장 가서 검사받아."
남자친구는 승리를 눈앞에 두고 있다는 듯 회심의 미소를 지었다. 광시를 억지로 스쿠터에 태워 병원으로 데려가더니 안으로 떠밀었다. 광시는 접수를 하고 참을성 있게 기다렸다. 건강한 교육을 받지 못한 남자와 만난 대가가 생각보다 컸다. 광시는 자신이 성병에 걸렸다며 비난하는 남자친구의 무식함에 서글픈 것인지 아니면 난폭한 남자친구에 의해 병원 안으로 내팽개쳐지면서 자존심이 상처받아 슬픈 건지 구분하기가 힘들었다.

광시는 의사에게 내진을 받고 피검사도 했다. 결과는 일주일 후에 나온다고 했다.

눈치가 빠른 편이 아니었던 광시는 별생각 없이 옆에 있던 남자친구에게 물었다.

"오빠도 병원 온 김에 검사 받아볼래?"

그 순간 의사와 간호사가 옆에 없었다면 남자에게 두들겨 맞았을지도 모른다는 생각에 광시는 등골이 오싹해졌다. 남자친구가 눈을 부라리며 이를 갈았다.

"난 그딴 검사 안 받아도 돼."

진료실을 나온 뒤에도 남자는 광시를 없는 사람처럼 취급했다. 광시가 종종걸음으로 뒤따라갔더니 남자친구는 일이 있어 먼저 갈 테니 너는 버스를 타고 돌아가라며 스쿠터에 올랐다.

눈이 움푹 들어간 서구적인 눈매의 광시는 냉 얘기를 끝내고 긴 파마머리를 만지작거렸다. 바닥에 앉은 채로 나는 콜라를, 광시는 이온음료를 마셨다. 감자칩과 군만두에는 아직 손을 대지 않았다. 광시는 딱히 식욕이 없는지 나에게 매니큐어를 갖고 있냐 물었다. 내가 양귀비처럼 새빨간 색을 찾아 건네며 이걸로 괜찮겠느냐고 했더니 광시는 신이 나서 자기가 좋아하는 색이라고 말하곤 발톱에 칠하기 시작했다. 나는 광시가 매니큐어를 바르기 편하도록 발밑에 작은 방석을 대주었다. 그 순간만큼은 광시가 자유로워 보였다.

나도 냉에 관한 이야기를 꺼냈다.

우리 엄마도 여자니까 냉이 뭔지 모를 리가 없었다.

남녀 사이가 뭔지 모를 때부터 엄마는 나를 엄격하게 관리

했다. 어릴 때 재미있게 미술학원을 다닌 적이 있는데 선생님이 남자였다. 엄마는 내가 즐거워하는 모습을 보고는 학원을 그만두게 했다. 결국 할머니 선생님이 가르치는 사군자 그리기 수업에 보내졌다. 중고등학교 때도 엄마는 항상 나를 미행했다. 집에 가면 도서관에서 공부할 때 옆자리 남자애랑 말하지 말라고 야단맞기 일쑤였다.

"남자애랑 말할 때 얼굴 좀 들이대지 마."

살기 띤 표정 아래 입에는 오묘한 미소가 걸려 있었다. 내가 모든 걸 다 알고 있는, 안 해본 게 없는 아이라는 망상에 빠져 있는 것 같았다. 나는 실제로 아무것도 몰랐고 내 몸에 대해서도 무지했다. 엄마는 내가 몸에 무기를 숨기고 있기 때문에 비뚤어진 어른으로 자랄 것이라 간주했다. 무기란 건 분명히 성에 관련된 무언가일 터였다. 엄마는 집요할 정도로 내 몸의 모든 걸 알고 싶어했고 가능하면 본인이 직접 통제하고 싶어했다. 몸에는 심장도 있고 간장이나 위장, 비장도 있는데, 엄마는 왜 이런 신체 기관에는 관심이 없고 오직 성기에만 신경쓰는 건지 의문이었다. 설마 '나'라는 존재의 중요한 부분이 성기밖에 없다는 뜻이었을까?

내 건강이나 감정 또는 영혼은(인간에게 영혼이 따로 있을 때의 이야기지만) 엄마에게 전혀 중요하지 않아 보였다. 내 존재의 의미는 성별에만 있는 듯했다. 그리고 내 성별의 유일한 의미 역시 성인 것 같았다.

나에게 성이란 수시로 내 영역을 침범하는 폭력 그 자체였다. 남자 때문이 아니라 날 낳아준 엄마 때문에 이런 생각을 갖고 살았다.

엄마는 능력 없는 여자나 부엌에 들어가는 거란 말을 자주 했지만 정작 부엌에 들어가야 하는 운명에 스스로 발을 들인 사람이었다.

엄마는 밥을 할 때마다 나를 원망했다. 나에게 밥을 해먹이느라 가스레인지와 음식 연기 속에 묶인 채 엄청난 시간 낭비를 하고 있다고 자주 말했다. 그 탓에 나는 스스로가 못났다는 생각에 사로잡혔다. 엄마의 인생을 잡아먹은 것 같은 기분이었다. 음식은 영양소가 아닌 '독' 그 자체였다. 엄마의 인생을 망치는 것이었다. 내가 빨리 식사를 끝내야 얼른 뒷정리를 할 수 있다고 엄마가 매번 강조한 탓에 나는 항상 입에 허겁지겁 음식을 집어넣었다. 천천히 먹을수록 엄마는 더욱 시간 낭비를 하게 될 터였다.

아버지가 집에 있는 날이면 엄마는 이것저것 신경써서 음식을 만들었다. 대부분 아버지가 좋아하는 해산물 요리였다.

광시에게 지금 이렇게 마주앉아 너랑 같이 군것질을 할 수 있어서 좋다고 말하기는 했지만 사실 나는 혼자 먹는 게 편해서 거의 식사를 혼자 하는 편이었다.

저녁때면 엄마는 세탁실 빨래 바구니에서 내 옷가지, 주로 팬티를 뒤지곤 했다. 별다를 게 없을 텐데도 옷을 일일이 검사한 뒤 세탁기에 넣었다. 아무리 뒤져봤자 나올 게 없었지만 엄마가 내 속옷을 뒤지는 행위에는 나에 대한 소유권이 본인에게 있다는 걸 과시하는 의미가 있었다. 그 당시 나는 집을 나갈 능력이 없었다. 아직 어려서 독립하기도 힘들뿐더러 '나만의 영역'이란 개념도 불분명했다. 그런 개념 자체가 있는지 몰랐던 것 같기도 하다.

물론 지금은 '나만의 영역'이란 개념을 사용할 수 있는 능력이 갖춰진 상태다.

어느 날 엄마가 이리 와보라고 소리를 질렀다.

엄마는 세탁 바구니에서 내 팬티를 꺼내 보이며 다그치기 시작했다.

"이게 뭐야?"

"뭐가 뭐야?"

나는 무슨 상황인지 이해가 가지 않았다.

"너 이게 뭐냐고."

엄마는 나를 노려봤다.

팬티에는 큰 흰색 덩어리가 뭉쳐져 있었다. 평소에도 묻어나던 거였는데 오늘은 왜 화를 내는 걸까 싶었다.

"냉인데, 그거 냉 아니야?"

"남자한테서 묻히고 온 거잖아. 아, 불결해."

"냉 맞아, 그거."

나는 문자 그대로 처녀였다.

"지금 엄마한테 무슨 헛소리를 하는 거야?"

이야기를 듣고 있던 광시는 난처했는지 말이 없었다. 내가 휘청거릴 정도로 크게 소리내어 웃었더니 그제야 광시도 깔깔대며 내 쪽으로 쓰러졌다.

"그럼 병원에서 검사는 뭐라고 나왔어?"

내가 물었다.

"어떻게 나오긴. 당연히 냉이지. 너까지 혈압 오르게 할래? 수분기 없고 딱딱한 분비물은 성병 아니래."

"그 남자는 뭐라 그랬는데?"

"결과지를 받아들더니 제대로 읽어보기나 한 건지 아무 말도 안 하던데."

"뭐라고 쓰였는지는 알아볼 수 있고?"

어쩐지 통쾌한 기분이 들었다.

"하긴, 가방끈도 짧고 책도 안 읽는 놈이잖아. 상식이 제대로 박혀 있을 리도 만무하고."

"우리 엄마는 사실 의대 나온 여자야. 사람 몸에 대해서는 모르는 게 없을 텐데. 당연히 나보다 아는 것도 많거든. 그런데도 나와 관련된 건 머리로 생각해보려 하지 않고 그동안 쌓아온 지식을 쓰려고도 안 해. 나를 대할 때는 본능에만 충실한 거지."

"팬티에 분비물이 묻은 걸 빌미로 자기가 주도권을 쥐고 싶었나봐. 나한테 성병 걸린 거 아니냐고 했던 그놈 말이야. 그 남자 와이프도 너네 엄마랑 똑같이 했대. 매일 아침마다 전날 벗어놓은 팬티를 뒤지고 그랬나봐. 그 남자 앞에서 보란 듯이."

"엥? 와이프?"

"응. 그때는 있었는데 지금은 이혼했으려나, 어떠려나 몰라."

광시가 내게 물었다.

"너는 왜 댄스스포츠를 계속 해? 뭐가 좋아서?"

"자연스럽게 다른 사람과 포옹도 하고 성적 매력도 발산하고 스킨십도 하면서 몸도 마음껏 흔들 수 있어서."

나는 양치 거품을 뱉으며 대답했다.

"나는 댄스복이 좋아서."

광시가 저만의 이유를 댔다.

"뭐라고?"

"댄스복."

광시는 꿈꾸는 듯한 표정을 지었다. 심해 속에서도 알록달록 빛나는 산호초 같은 얼굴이었다.

"옷이 예뻐서 계속하게 됐어. 반짝거리는 예쁜 자수에 화려한 술까지 주렁주렁 달려 있는 게 매력적이잖아. 다이아몬드 장식도 멋지고. 스팽글이 좌르르 붙어 있으니까 몸을 흔들면 물결이 일렁이듯 빛나는 게 바닷속 물고기들이 헤엄치면서 빛을 내는 장면 같아. 회전하는 미러볼처럼 순간순간 색깔이 바뀌는 느낌도 들고. 바닷속 왕국에 살고 있는 물고기 비늘처럼 보이지 않니? 눈부시도록 반짝거리는 게 말이야."

나는 여느 때처럼 밤늦게까지 깨어 있었다. 광시는 큼직한 손과 발을 내 옆에 걸쳐놓았다. 침대에 몸을 웅크리고 있는 광시를 바라보다가 내 몸을 조금씩 광시 쪽으로 움직였다.

광시는 잠결에도 뭔가가 느껴지는지, 내 배 쪽으로 다가왔다. 나보다 큰 키로 내 옆에 몸을 둥글게 말아 웅크리고 있었다. 턱이 무릎에 닿을 만큼 몸을 웅크린 광시의 정수리는 내

갈비뼈 아랫부분에, 무릎은 내 배에 닿아 있었다. 새빨간 발톱이 내 다리를 살짝 건드렸다.

나는 광시의 등을 살살 어루만졌다. 어르고 달래듯이 한 번, 또 한 번.

아이가 된 광시가 내 품에 안겨 있는 듯했다.

8

 오랜 시간이 흐른 지금 생각해보니 내 인생에서 가장 찬란한 순간은 춤을 추던 시절이었다. 자잘한 진주가 알알이 모여 만들어진 찬란함이었다. 다채로운 색깔과 요동치는 움직임으로 꽉 차 있던 시절, 음악과 땀냄새에 둘러싸여 있던 시절, 휘날리는 치맛자락과 근육의 흐름에 몸을 맡겼던 시절, 더 높은 곳으로 올라가고자 하는 욕망이 들끓었던 시절, 무언가 극도의 자극을 추구했던 시절이었다.

 둥니 선생님이 룸바 수업을 해준 적이 있다. 라틴댄스의 기본 스텝은 룸바에서 비롯되었고 그런 의미에서 룸바는 라틴댄스의 꽃이라 할 수 있다. 룸바를 정확하고 안정적으로 출 수 있다면 차차차나 삼바, 자이브의 기본기를 제대로 다진 것과 같다. 기량이 뛰어난 선수들도 항상 스튜디오의 벽을 쭉 따라 돌며 룸바 워크를 이백 번씩 한 후에 본격적인 연습을 시작한다.

나는 다리에 군살이 많기는 해도 예전에 발레를 배워둔 덕에 몸이 유연하고 다리찢기도 어렵지 않았다. 둥니 선생님은 그 사실을 모르고 있었다. 선생님이 만들어준 룸바 안무를 연습하던 날이었다. 내 오른편에 서 있던 선생님이 여신을 바라보는 눈빛으로 넋을 놓은 채 내 얼굴을 쳐다보았다. 나는 다시 중심을 잡고 정면의 거울을 바라보며 오른쪽 다리에 힘을 실었다. 왼쪽 다리를 빙그르르 한 바퀴 회전시키면서 정수리까지 들어올렸다. 바꿔 말해 선 자세에서 다리찢기를 반 정도만 하는 동작이었다. 선생님은 프로 선수가 아니니 백이십 도 정도만 들어올리고 몸의 방향을 살짝 바꾸는 게 오히려 보기 좋을 거라고 조언했다.

천천히 음악에 맞춰 다리를 백이십 도 차올리고 박자를 기다렸다. 거울을 보며 자세를 고정하고 저 먼 곳을 바라보는 것처럼 시선을 왼쪽 다리에서 정면으로 이동했다. 사랑을 기다리고 갈망하면서도 당당한 자세로 서 있었다. 선생님은 움직이지 말고 그 자세를 유지해보라면서 감탄했다. 이어서 한 번 되는지 시험해보자는 식으로 내 왼쪽 다리를 백이십 도 위치에서 손가락으로 떠받치곤 살살 들어올렸다. 거기까지 되자 백팔십 도가 될 때까지 쭉 들어올렸다. 왼쪽 다리가 관자놀이에 거의 딱 붙어버렸다.

"와아. 이게 되는구나. 대단한데? 진짜 유연하다."

선생님은 기쁨을 감추지 않았다.

선생님은 손가락을 천천히 떼면서 내가 한쪽 다리로만 서 있을 수 있는지도 시험해봤는데 나는 그것까지 해내고 말았다.

나도 신이 나 활짝 웃었지만 선생님이 시키는 자세를 취하다보니 무대 위 댄서가 사진 촬영을 위해 자세를 잡은 것처럼 우아하고 도도한 표정이 지어졌다. 몸은 가만히 있고 머리 옆에 왼쪽 다리를 고정한 채 오른쪽 다리로만 중심을 잡았다. 배에는 힘을 주고 가슴은 곧게 펴고 왼손으로는 다리를 살짝 건드리는 자세였다.

"생리중이야?"

그 순간 선생님이 목소리를 낮췄다.

"네? 어떻게 아셨……"

나는 아름답게 몸을 펼치고 있는 거울 속 내 모습과 도도

한 얼굴을 어리둥절한 눈으로 바라보았다.

"생리대 날개가 살짝 삐져나왔어."

선생님은 직접 보라는 듯이 거울을 가리켰다.

거울 속에서 쫙 벌리고 있는 두 다리 사이로 시선을 옮겼다. 짧은 까만 치마 안에 입고 있던 딱 달라붙는 반바지 양쪽에 흰색 생리대 날개가 하나씩 쪼글쪼글 접힌 채로 고개를 내밀고 있었다. 치마와 반바지 둘 다 검은색이어서 생리대 날개가 더 도드라졌다.

선생님은 푸하하 웃음을 터뜨렸다.

한 마리 새처럼 우아하고 도도한 표정을 짓고 있던 내 얼굴이 새빨개졌다. 나는 선생님을 붙잡은 채 머리까지 높이 들어올리고 있던 다리를 내리고, 황급히 거울에서 시선을 거둬 스튜디오를 빠져나왔다. 얼른 화장실로 뛰어들어가 문을 잠갔다.

변기에 멍하니 앉아 있다보니 창피하면서도 화가 났다. 반바지를 내려보았다가 다시 올려 입었다. 우그러진 생리대 날개가 반바지 가장자리에 붙은 채로 얼굴을 드러냈지만 생리대를 아예 떼어버릴 수는 없었다. 한참을 앉아 있다가 일어난 나는 현실을 직시하기로 했다. 숨을 깊이 들이쉬고 화장실 밖으로 나갔다.

선생님이 저멀리서 나를 기다리며 생글거리고 있었다.

"아이고, 뭘 그런 걸로 부끄러워하고 그래."

이럴 때는 또 짓궂은 선생님이었다.

귀가 달아오르는 느낌이었다.

"다른 사람들도 다 봤겠죠……"

"아니야. 다들 연습중이잖아. 너도 알다시피 한번 연습을 시작하면 자기 모습에 집중하느라 다른 사람을 쳐다볼 겨를이 없지."

"정말요?"

"아까 했던 동작이나 다시 한번 해볼래?"

선생님은 더이상 못 기다리겠다는 듯한 뉘앙스였다.

생리대가 아직까지 바지에 붙어 있다고 생각하니 말투가 쌀쌀맞아졌다.

"싫어요."

선생님과의 수업 중에 하나 더 재미있는 일이 있었다. 나는 관능적인 동작에 서투른 탓에 선생님에게 따로 배워야 할 처지였다. 사랑에 빠진 남녀가 서로 장난을 치듯 즉흥적이고 돌발적인 스텝을 밟으면서 서로의 얼굴과 허리, 엉덩이를 쓰다듬으면 됐다. 치마를 말아올리기도 하면서. 머리로는 알아도 실제로는 어떻게 해야 하는지 잘 몰랐다. 완성된 안무에 따라 스텝을 밟으며 정해진 대로 춤을 추다가 파트너와 정지한 상태로 팔다리를 쫙 펼치는 동작을 하고 있는데 선생님이 문득 다른 주문을 했다.

"여기서 머리를 매만지면서 관능적으로 연기해봐. 화려한 동작을 섞다가 스톱모션에서 네 나름대로 변화를 줘보라고."

"저…… 못하겠어요."

내가 멀거니 쳐다보자 선생님은 이해가 안 된다는 표정으로 짜증을 내듯이 재촉했다.

"빨리 해봐. 머리를 쓸어올리고 네 몸을 만져보라고. 이리저리 비트는 것도 괜찮아."

음악이 거의 끝나갈 무렵이라 선생님은 다급해졌다. 나는 멍하니 서 있었다. 기분이 상한 선생님은 동작을 멈추고 음악을 껐다.

"간단한 동작인데 뭐가 어렵다고 그래?"

"못해요, 정말이에요."

선생님의 얼굴이 일그러졌다. 학생이 열심히 하지 않으면 나오는 표정이었다.

"선생님이 알려주세요. 관능적인 표현은 어떻게 하는 건지 가르쳐주시면 안 돼요? 정식으로 배우고 싶어요."

화난 표정의 선생님을 보자 억울한 기분이 들었다. 하기 싫어서 안 하는 게 아니었다.

"무슨 소리야? 여자들이 평소에도 하는 동작인데. 자기 몸을 쓰다듬듯이 만지면 되는 거라니까. 그걸 왜 못한다는 거야?"

"정말이에요. 저 진짜 할 줄 몰라요. 선생님이 가르쳐주세요, 제발요……"

나는 거의 애원조가 되었다.

삼백안이 더 또렷해질 정도로 작은 눈을 부릅뜬 선생님은 곧이어 숨을 들이쉬었다. 내가 거짓말을 하는 게 아니라 정말 할 줄 모르는 거라고 판단한 듯했다.

거울 앞으로 다가간 선생님은 본인이 말한 '여자들이 평소에도 하는 관능적인 동작'을, 평소에 새로운 스텝을 가르쳐줄 때처럼 나누어서 설명해주었다. 주요 흐름은 자기 머리를 쓰다듬고 얼굴을 매만진 뒤 손을 미끄러뜨려 목을 지나 가슴과 허리를 만지고 엉덩이를 흔드는 것이다. 엉덩이는 기본 스텝을 밟을 때처럼 팔자 모양으로 흔들면 된다. 그리고 나서 반박자 안에 손을 확 뻗어올렸다가 곧바로 원래 자세로 돌아온다……

음악을 튼 선생님은 나누어 설명한 동작들을 쭉 연결했다.

두 박자 만에 쫘르륵 연결시켜 끝내는 동작이었다.

춤추다 엉덩이를 흔들 때 치마의 길이에 따라 치마를 살짝 들어올려도 된다고 했다.

아하…… 나는 눈을 반짝거리며 존경스러운 눈빛으로 선생님을 바라보았다.

설명을 듣고 나서 거울을 보며 한 동작 한 동작 배운 대로 표현해보았다. 하나, 둘, 셋. 쓰다듬고 매만지고 쓸어내리고. 비꼬고 흔들고 비틀고. 하나씩 정확히 연습한 뒤 천천히 모든 동작을 하나로 연결시켜보았다. 이제 몸에 익었다 싶어 속도를 붙였더니 과연 두 박자 안에 모든 동작이 끝났다.

선생님은 고개를 끄덕이며 관능적인 표현을 하나 더 알려주었다. 방금 전 동작과 비슷하긴 하지만 고개를 들어올려 한쪽으로 돌린 뒤 머리를 세차게 떨어내는 것이다.

뒤이어 목에서 손을 쓸어내려 가슴 앞을 지나 허리를 쓸어내린다. 기본 스텝처럼 복부에 힘을 주고 무릎이 구십 도가 되도록 구부린 채 허리와 엉덩이를 비트는 것이 핵심이다.

나는 혼자 거울을 보며 연습해보았다.

선생님은 어이없어했다.

"도대체 어떻게 된 거야? 왜 남자인 나한테 유혹하는 여자의 제스처를 알려달라는 건지……"

나는 어깨를 으쓱해 보이며 깍듯이 사과했다.
"죄송해요. 어떻게 하는 건지 감이 오질 않더라고요……"
선생님에게 그런 동작들을 배울 수 있어서 기분이 정말 좋았다.

선생님이 단체반 수업을 들을 때 흰색 티셔츠를 입지 말라고 귀띔을 해주었다. 내 가슴이 커 보인다는 이유에서였다. 특히 춤을 출 때 가슴이 위아래로 흔들려 시선을 끈다고 했다.
"그래봤자 흰 티셔츠인데요, 뭘. 수업 때마다 입고 다녔던 건데."
"유난히 그 티셔츠만 재질이 다른 건지는 모르겠는데, 어쨌든 그 옷만 입으면 단체반 아줌마, 아저씨들이 네 가슴을 쳐다봐. 그 반에서 잘 지내고 싶으면 앞으로는 입고 오지 마. 아저씨들이 그러고 있으면 아줌마들이 나중에라도 한마디할 거야. 그럼 더이상 어울리기 힘들어져. 단체반의 생리를 모르는 건 아니지?"
선생님은 인간의 심리를 잘 알았다. 나는 그런 데 약간 서투른 사람이었다. 주로 여학생을 상대하다보니 주워들은 게 많아진 선생님 덕을 운 좋게도 내가 보았다.

인어의 발걸음 169

우리는 무대의상에 관한 이야기도 자주 나누었다.

대회에 출전하려면 춤만 잘 춰서는 안 되고 다른 능력도 필요했다. 선곡부터 시작해서 춤과 음악의 상관관계나 안무에 빠삭해야 하고, 인터넷으로 러시아나 이탈리아, 폴란드, 영국 등의 트렌드를 수시로 파악해 데이터베이스로 구축해놓아야 한다. 무대의상도 물론 중요하다. 댄서의 체형에 맞춰 디자인된 댄스복도 좋은 평가를 얻는 데 한몫하기 때문이다.

라틴댄스는 허리와 골반을 많이 사용하는 춤이다. 그만큼 코어 힘이 단단해야 하고 골반도 자유자재로 돌릴 줄 알아야 한다. '발이 땅속으로 파고드는 느낌'이 들 만큼 무게중심도 낮춰야 한다. 무대의상으로 댄서의 신체 특성과 춤 실력을 한층 더 잘 살릴 수 있다면 어디서든 유리할 것이다. 댄서에게는 기획력이 필요할 때도 있는데, 본인이 전달하고 싶은 감정을 의상디자인과 결합시켜 전체적인 시각적 효과를 끌어올리는 선수들도 있다. 조안나 루니스가 그런 점에서 뛰어난 선수 중 하나다.

카르멘은 치마를 한쪽만 짧게 해서 술이 무릎 밑까지 내려오도록 잔뜩 다는 복장을 즐겨 입는다. 보기 드문 경우이기는 하지만 카르멘이 지향하는 건 요염한 매력을 발산하는 전통적인 관능보다는 황후의 카리스마다. 리카르도 코치는 스승이자 파트너였던 약혼녀에게 결별을 선언하고 율리아 자고루이첸코*와 커플이 되었다. 그러면서 율리아도 실력이 고만고만했던 파트너와 갈라섰다. 댄서보다는 모델 스타일이 어울리는 율리아는 늘씬해 보이는 댄스복을 즐겨 입었다. 긴 금발을 머리 아래쪽에서 질끈 묶기도 하고 크게 쪽을 져 올리기도 하고 포니테일로 높이 올려 묶기도 했다. 눈화장은 기다란 눈이 귀밑머리까지 이어져 보이도록 하는데 꼭 하늘을 나는 새의 날개 같았다. 실력이 뛰어나지 않던 시절에도 마치 배우처럼 관객에게 강렬한 인상을 선사하는 매력이 있는 댄서였다.

선생님과 같이 영상을 볼 때는 춤 자체에만 집중하기보다는 음악과 안무의 조화, 새로운 헤어스타일과 복장도 눈여겨보았다.

즈언은 댄스복 중에서도 짧은 치마를 주로 입었는데 H라인 스커트나 술이 많이 달린 인디언풍의 복장과 머리장식을 선호했다. 다리가 길고 잔근육도 보기 좋아 눈부시도록 아름다운 댄서였다. 춤출 때 근육의 변화에 따라 아름다움이 더

---

* 2010년부터 2019년까지 10회 연속 세계 라틴댄스 챔피언을 기록한 선수.

해져 장점이 부각될 수 있도록 둥니 선생님이 도와주었다. 광시는 보통 벌룬스커트를 입었지만 즈언과 체형이 비슷해서 핏이나 사이즈가 비슷했다. 선생님은 라이크라 연습용 치마를 양손으로 쫙 펴서 내 하체에 꽉 끼도록 둘렀다.

"봐, 넌 팔다리는 예쁜데 엉덩이가 약해. 이렇게 해야 길쭉한 몸매는 살리고 빈약한 엉덩이는 보완할 수 있어. 나중에 대회에 나가거나 공연할 일이 생기면 광시나 즈언 옷을 입어도 돼. 내가 빌려다줄게."

둥니 선생님은 한때 여자 댄서들 사이에서 유행했던『위대한 개츠비』에 나오는 1920년대 재즈 스타일의 복고풍 머리장식을 별로 좋아하지 않았다. 정신이 사납다는 이유였지만 나는 그런 스타일도 나쁠 건 없어 보였다. 선생님은 생소한 재질에 억지로 갖다붙인 듯한 디자인도 별로 선호하지 않았다. '댄스복처럼 보이지 않고', 춤 선을 제대로 못 살린다는 것이 그 이유였다. 오히려 전통적으로 많이 사용하는 스팽글과 술이 달린 풍성한 샤스커트를 선호했다. 나는 그래도 그런 게 요즘 트렌드라고, 패션잡지에 자주 소개되는 스타일이라고, 그런 의상을 입는 댄서가 대단한 거라고, 전위적이고 세련된 특징을 댄스스포츠 의상에 접목시킨 건 높이 살 만하다고 의견을 밝혔다.

"어수선해 보이기만 하지 그게 다 무슨 소용이야?"

선생님은 말을 이었다.

"전통적인 특징에 약간 변형을 가하되 맥락은 지키는 게 좋은 거야."

"점수 따기에 유리해서요?"

"그렇지."

선생님의 성 지향성이 지금과 달랐다면 이 정도로 가까운 사이가 될 수는 없었을지도 모른다. 내가 레슨중에 거부 반응을 일으켰거나 적어도 약간의 경계심은 유지했을 것이다. 성적으로 끌리는 것만이 문제가 아니라 그렇지 않을 경우도 마찬가지다. 한 이성을 유난히 싫어하는 것도 다른 의미로는 성적 긴장감이 존재하는 것이기 때문이다. 그렇기에 성적으로 끌리든 끌리지 않았든 선생님과는 지금처럼 친밀한 사이가 될 수 없었을 것이고 친구이자 스승이기도 한 선생님을 갖지 못했을 것이다.

엄마의 걱정은 사실 부질없는 것이었다. 나는 일찍부터 남자가 내 몸을 만지지 못하도록 해왔기 때문이다. 그쪽으로 욕망이 없는 건 아니었다. 화르륵 타오르듯 성욕이 불쑥 올라올 때도 있다. 하지만 남자가 내 손을 잡거나 키스를 하거나 나를 원하는 느낌이 들 때면 타올랐던 성욕이 한순간에 얼어붙는다. 흥분이 확 날아가고 욕망도 일순간 멈춰버린다.

예전에 어느 남자 강사에게 춤을 배운 적이 있다. 국립대를 졸업한 뽀얀 피부의 점잖은 모범생이지만 입만 열면 세련과는 거리가 먼 남자라는 게 느껴졌다. 이인무 같은 춤이나 이성 파트너가 필요한 일에는 약간의 성적 긴장감이 흘러야 결과가 잘 나오고 시너지효과가 나는 건 사실이다. 하지만 나는 달랐다. 조금이라도 성적 긴장감이 생기면 신발 속에 작은 돌멩이가 들어 있는 것처럼 불편했다. 마음을 열고 수업에 집중할 수 없었다. 수업시간만 되면 몸이 뻣뻣하게 굳어버려 마음은 괴롭고 돈만 버렸다는 생각이 들었다. 물론 그 강사가 대단한 실력을 갖고 있지 않은 것도 한몫하긴 했다.

둥니 선생님의 성 지향성 덕에 나는 유혹에서 자유로울 수 있었다. 상대가 나를 성적 대상으로 바라보지 않을까 하는 걱정도 접어둘 수 있었다. 몸과 마음을 열고 새로운 걸 맘껏 받아들이면서 새로운 사람들을 실컷 만날 수 있었다. 선생님은 오색찬란한 세계로 나를 데려다주었다. 문을 열면 여기저기서 떠들썩한 소리가 나고 이 사람 저 사람 북적이는 세계로. 나는 깊은 물속으로 들어가 그 모든 휘황찬란한 색색깔을 탐욕스럽게 감상했다. 그러다 문이 닫히고 나 홀로 맹연습할 때는 또다른 세계가 펼쳐졌다. 나만의 환상이 펼쳐지는 세계, 나 혼자만의 세계. 선생님이 말했던 나만의 비밀스러운 세계. 나만의 세계가 없는 사람은 힘든 현실을 벗어나 잠시나마 도피할 수 있는 나만의 세계가 있는 사람을 시샘하기 마련이다. 두 부류는 얼굴색부터 차이가 나기 때문이다.

"언제부터 알고 있었어?"
"처음부터요."
우리가 막 친구가 되었을 때 선생님이 물었다. 선생님은 자신을 잘 드러내는 성격이 아니기도 하고 '남자가 리드한다'는 댄스스포츠의 논리가 몸에 밴 사람이었기에 그 사실을 아는 학생은 거의 없었다.
"어떻게 알았는데?"
선생님은 유독 특이한 케이스였다. 알고 보면 가부장적인 남성상에 가까웠고, 여자는 보호의 대상이라 생각하는 보수적인 남자였다. 여자와 길을 걸을 때도 꼭 본인이 차도 쪽에 서서 갔다. 나랑 같이 밥을 먹을 때도 남자인 자신이 돈을 내야 한다고 생각했고 집까지 항상 데려다주었다. 나란히 길을 걸을 때면 내가 넘어질까 살짝 허리를 잡아주면서도 내 반응을 살폈다. 여자를 리드하면서 파트너가 다른 선수에게 부딪히지 않도록 지켜주려는 댄스스포츠 선수로서의 본능 같았다.

"처음 같이 춤을 출 때 제 손을 잡으셨잖아요. 손에서 그렇게 강렬하면서도 안정적인 느낌이 난 파트너는 처음이었어요. 정확하면서도 힘 있는 리드가 꽤나 매력적이었고요. 손만 잡았을 뿐인데 선생님에게 완전히 기댈 수 있겠다 싶으면서 말랑말랑한 기분이 들더라고요.

하지만 선생님의 손을 타고 강렬하면서도 복잡한 무언가가, 저를 끌어당기는 아름다운 무언가가 전해졌어요. 이성을 향한 끌림은 전혀 아니었고요. 여러 가지 감정이 드는 와중에 성적 긴장감은 털끝만큼도 없었어요. 여러 남자 파트너들과 춤을 춰봐도 춤을 잘 추든 못 추든 나를 좋아하든 싫어하든 경멸하든 나에게 아무런 감정이 없는 기본적으로 '이성'이라는 전제가 깔려 있으니 늘 성적 긴장감이 있었거든요. 그런데 선생님한테서는 그런 게 전혀 느껴지지 않았어요."

선생님은 웃을 듯 말 듯한 표정을 보였다.

프랑스어 학원을 다닐 때 같은 반에 나와 키가 비슷한 남자애가 있었다. 몸도 마르고 얼굴도 홀쭉하고 웃으면 애교살이 도드라지는 그애에게 나도 모르게 자꾸 눈길이 갔다.

그 남자애는 수업이 끝나면 당시 유행하던 스쿠터에 올라 탔다. 그러면 자연스럽게 다리가 접히면서 청바지와 스니커즈 사이로 복숭앗빛 양말이 드러났다. 길게 늘어난 복숭앗빛은 바람에 휘날려 눈앞에서 사라졌다. 나는 저 멀찍이서 흩어지는 잿빛 연기를 멀거니 바라보곤 했다.

그 남자애는 서로에게 호감이 생기면 관계를 가지는 건 자연스러운 일이라며 꼭 사랑이란 이름을 갖다붙이지 않아도 된다는 논리로 나를 꼬셨다.

그애와 자는 게 결코 쉬운 일은 아니었다. 그애는 나를 사랑하지 않았고 우리는 사귀는 사이도 아닌데다가 내가 일방적으로 좋아하고 있었다. 그럼에도 일은 치러졌다. 계속 거절했다가 그애가 나에게 흥미를 잃을까봐 겁났기 때문이다. 나는 너무 아프기도 하고 무섭기도 해서 몸을 이리저리 계속 피하기만 했다. 그애는 몇 번 시도해도 원하는 대로 되지 않자 화가 났는지 위에서 나를 꾹 내리누르며 억지로 성기를 집어넣었다. 순간 내 몸에 무언가 들어왔다는 느낌보다는 오히려 공허한 기분이 들었다. 그렇다고 아프지 않은 건 아니었다. 영혼이 몸에서 저멀리까지 빠져나간 것 같고 중요한 무언가를 저버린 것만 같았다. 잃어버린 대가로 업보를 치러야 할지도 모를 무언가를. 남자애는 금세 일을 치르고는 내 얼굴을 톡톡 치며 정말 좋았다고, 무아지경에 빠진 것처럼 좋았다는 말을 늘어놓았다.

그애는 몸을 일으켜 샤워하고 나오더니, 침대에 누운 채 어쩔 줄 몰라하고 있는 나를 쳐다봤다.

"빨리 일어나. 꾸물거리다가 수업에 지각하겠다."

텅 빈 침대가 쓸쓸하게 느껴졌다. 침대에서 어떻게 내려가야 하는지조차 잘 생각나지 않았다. 통증은 계속 이어졌다. 벽을 붙잡고 겨우 욕실로 들어갔다. 샤워기로 씻어내리는데 피가 났다.

나는 수건을 두르고 나와 입을 열었다.

"나 피가 나."

"원래 그런 거야. 침대에도 다 묻었네. 하, 진짜…… 수업 끝나고 와서 내가 다 빨아야 되잖아."

무슨 말을 해야 하는지, 내가 어떤 기대를 하고 있었는지조차 알 수가 없었다. 바보처럼 멍하니 서 있는 것이 고작이었다.

"수업 늦는다고 했잖아. 빨리 좀 해."

뭘 해야 할지 모르겠어서 욕실로 들어갔다가 바로 다시 나왔다.

"야, 잠깐 기다려봐."

그애는 셔츠와 청바지를 챙겨입더니 침대 옆에 놓인 서랍을 열었다. 거기서 생리대를 꺼내 나한테 던지다시피 건넸다.

"이거 해. 그리고 어딜 나가겠다는 거야."

생리대를 받아들다가 수건이 바닥으로 떨어졌다. 나는 물끄러미 남자애의 방을 둘러보았다. 대체 무슨 일이 벌어진 건지 잘 파악이 되지 않았다. 가슴이 먹먹했다.

다시 욕실로 들어가 멀거니 있다가 다른 여자 것임이 분명한 생리대의 포장을 뜯어 피가 나오고 있는 구멍에 대고 팬티를 입었다.

둥니 선생님의 꿈은 이상적인 댄스 파트너를 찾아 결혼하는 것이었다. 사회적인 시선도 의식할 필요 없고 일종의 안정적인 동맹관계를 바탕으로 커리어도 쌓아나갈 수 있을 거란 판단하에서였다. 하지만 즈언은 거부했고 광시도 그런 건 원하지 않았다. 광시는 선생님과 줄곧 대회에 나가는 것도 싫어했다.

"춤이란 그런 게 아니잖아요."

광시와 선생님의 본질적인 차이가 불거졌다.

블랙풀이나 먼 미래에 관한 이야기가 나오자 광시는 눈을 치켜뜨고 선생님에게 도전장을 던졌다.

"대회에 나가고 또 나가고, 끊임없이 수강생을 모집하고, 연말 디너쇼의 VIP 티켓을 강매하고, 티켓 판매 할당액을 채우고 또 그걸로 대회에 나가서 더 높이 높이 올라가고…… 그렇게 올라가면 그 위에 뭐가 있는데요?"

광시는 화를 내며 애초에 춤이란 게 무엇이냐며, 행복이 아니더냐고, 다른 사람과 연결된 느낌이 아니더냐고 따졌다. 기교 같은 건 필요 없는 게 춤이지 않냐고, 춤이 무슨 거창한 예술도 아니지 않냐고, 일등만 인정받는 경기는 더더욱 아니지 않냐고 열변을 토했다. 그러면서 본인도 춤을 전업으로 삼게 되면 먹고살 궁리만 하고 대회에 나가 우승할 생각만 하고 반드시 두각을 나타내야 한다는 강박관념에 빠지고 춤을 정치로 대하게 되고 춤으로 이름을 날리고 싶다는 생각에 매인 사람으로 전락해버릴 거라고 했다.

"꼭 그런 건 아니야. 아니라니까."

"맞잖아요. 현실이 그런데요, 뭘. 프로선수가 되는 순간부터 춤은 즐길 수 있는 대상, 즐거움의 대상이 될 수 없어요. 부담이나 책임감이 훨씬 커지니까요. 그게 바로 아마추어와 프로의 차이 아닐까요?"

광시는 냉랭하게 쏘아붙였다.

두 사람은 그 일로 싸웠다고 했다. 광시는 우리집에 누워 육포를 씹으며 텔레비전을 보고 있었다.

"냉 갖고서 난리 친 남자, 그다음에는 뭐 없었어?"

"있었지. 나를 피해 다니길래 죽자사자 따라다녔어. 얼굴 좀 보자고 하면서 미친 듯이 찾아갔더니 한번은 알겠다는 거야. 어디 길모퉁이에서 기다리래. 근데 나타나지도 않고 핸드폰도 꺼놓은 거 있지? 어느 날은 저녁때 집 근처에서 한 시간을 기다렸더니 마주치자마자 날 마구 때리는 거야. 옆에 클럽 쓰레깃더미가 좌르륵 놓여 있었는데 내가 휘청거리다가 넘어지니까 나를 아예 그 더미 속으로 밀치더라. 비틀거리면서 일어나려는데 또 밀어 넘어뜨리고. 겨우 일어나면 다시 쓰레깃더미로 밀치고를 몇 번 반복했어. 그러고 있는데 한 외국인이 지나가다가 보고 말렸어. 그랬더니 갑자기 온화한 얼굴로 고개를 끄덕이면서 이제 절대 안 때리겠다고 하더라. 외국인이 나를 일으켜세워주면서 다친 데는 없느냐고 물어서 고개를 저으며 없다고 했어. 살짝 미소 띤 얼굴로. 외국인이 자리를 뜨고 시야에서 멀어지니까 그 자식이 나를 또 쓰레깃더미 위로 밀쳤어."

　나는 울음을 터뜨렸다. 여기는 도저히 사람이 살 만한 세상이 아니라는 생각이 들었다. 광시와 나는 집을 두고도 너무 멀리 돌아와 이제는 영원히 돌아갈 수 없는 사람들이었다. 울음을 멈추지 않았는데도 광시는 상관하지 않은 채 텔레비전만 뚫어져라 쳐다보고 있었다.

코를 풀고 다시 물었다.

"그래서, 그뒤로는 뭐 없었지?"

"없긴 왜 없어. 어느 날, 아무렇지도 않게 전화가 왔어. 뜸들이는 걸 보니 돈은 있나 물어봐주길 기다리는 것 같더라. 절대 안 물어봤지. 몇 번 더 전화가 왔는데도 안 물어봤어. 그랬더니 제 마누라를 시켜서 우리 아빠한테 전화를 건 거야. 그동안 있었던 일을 모조리 까발리면서 아빠한테 욕을 퍼부었대. 엄마는 오히려 나보고 제정신이냐며 가만두지 않겠다고 벼르고 그랬지."

광시가 말을 이었다.

"그뒤로는 진짜 뭐 없었어. 문득 내가 그 자식을 그 정도로 사랑한 건 아닌 것 같다는 생각이 들더라. 그래서인지 그 자식한테 쓴 돈이 아깝다는 생각도 들고."

나는 한참을 가만히 있었다.

"이제 그만 싸워. 둥니 선생님이랑."

광시는 아무 말 없이 텔레비전 채널을 돌리며 뭘 볼지 찾고 있었다.

둥니 선생님은 광시 때문에 또 애가 타기 시작했다. 춤에 더 집중해보라고 광시를 설득할까 싶다가도 아예 파트너를 바꿔버릴까 고민하는 듯했다.

수강생들이 느낄 정도로 선생님의 감정 기복은 심해졌다. 버럭 화를 내는 날이 있는가 하면 뜬금없이 잘해주는 날도 있었다.

선생님과 훠궈를 먹으러 가면 여느 때와 다름없이 새우 껍질을 까주고 새우 살을 물에 살짝 담가 데워주었다.

선생님은 그제야 깨달았다고 했다. 살다보면 외롭고 힘들 때도 있으니 파트너가 꼭 필요하다는 걸. 마음이 맞는 인생의 반려자와 삶을 함께해야 한다는 걸. 단순히 댄스 파트너에 그치는 것이 아니라 아예 결혼을 하는 게 좋다는 걸. 다만 각자 애인을 따로 두고 커리어는 같이 쌓아나가는 것이 좋겠다는 걸.

"어떤 파트너를 원하시는데요?"

내가 물었다.

선생님은 소녀처럼 수줍어하며 입을 열었다.

"나랑 관심사가 잘 맞고, 공감대도 통하면 좋을 것 같아. 다른 조건들도 물론 중요하지. 외모도 어느 정도는 돼야 하고 수입도 안정적이어야 하고 학벌도 괜찮으면 좋고, 뭐 그 정도."

"밖에 나가면 그런 걸 따지는 이성애자 여자들이 널리고 널렸는데. 그 여자들이랑 선생님이 다를 게 뭐예요?"

선생님은 마음이 얼마나 다급했던지 내 말은 들리지도 않는 듯 다짜고짜 다음 말을 이어갔다.

"난 상황이 좀 다르기는 하지만 그동안 춤을 춰오면서 여자 파트너를 이 사람 저 사람 많이 차버렸던 건 사실이야."

선생님이 '차버렸다'는 동사를 사용하다니, 뒷목이 결리고 이가 앙다물어졌다.

선생님은 피식 웃으며 손가락을 차례대로 꼽았다. 지나간 파트너의 이름을 한 명씩 호명하면서.

선생님이 인생의 반려자를 못 찾으면, 결혼할 댄스 파트너도 못 찾으면……

"그때는 나랑 결혼하면 되지 않을까요?"

나는 대뜸 그렇게 물었다.

선생님이 무언가를 철저하게 계산해보는 듯한 눈빛으로 고개를 들었다. 세상 물정에 빠삭한 사람이라는 건 알고 있었지만 나한테 그런 눈빛을 보인 적은 단 한 번도 없었다. 순간 놀라움을 감출 수 없었다. 평소에 같이 놀러 다니거나 레슨을 해줄 때의 선생님과는 사뭇 달랐다. 춤에 대한 열정으로 가득차 돈으로 학생을 차별하지 않는 선생님의 눈빛이 아니었다.

"그래서 네가 원하는 게 뭔데?"

선생님이 물었다.

"네?"

"나랑 결혼하면 너한테 뭐가 좋냐고."

"그렇게 생각해본 적은 없는데. 제가 바라는 건 그냥 가족이랑 선생님이에요."

선생님은 "솔직히 네가 훌륭한 결혼 상대는 아니지"라며 너털웃음을 터뜨렸다.

"나보다 한참 어린 여자랑 결혼하고 싶어. 순종적인 여자 말이야. 우리 부모님과 친척 어르신들을 모시고 살 수 있는 사람이 필요하거든. 네가 우리 엄마 마음에 쏙 들 리가 없다는 건 너도 잘 알잖아?"

나는 목소리에 힘을 주었다.

"그러면 선생님하고 저 밖에 하고많은 이성애자 남자들하고 다를 게 뭐예요?"

9

 자주색 조개껍데기를 주렁주렁 걸치고 나타났던 집주인이 그뒤로 몇 번 더 왔는지는 정확하게 기억나지 않는다. 늘 긴장하고 있다가 초인종 소리만 나면 바로 뛰어나가 문을 열고 집세를 건네곤 했다. 집주인은 올 때마다 한층 더 화려해졌다. 조개껍데기를 치렁치렁 늘어뜨리고 오다가 나중에는 진주 귀걸이에 금목걸이까지 하고 나타났다.

 집주인은 한 달에 한 번씩 온몸에 치장을 하고 우리집 문 앞에 나타나 지폐를 세다 갔다. 그 모습을 보고도 그리 놀랍지는 않았다.

 오히려 위층 꼬마 친구가 내 시선을 끌었다. 남편과 사별한 교수가 남자아이와 함께 칠층에 살고 있었다. 머리를 길게 기른 아이는 머리띠를 하고 다녔는데 어느 날부터인가 여장을 하기 시작했다. 처음에는 여자애들이 입는 레이스 달린 상의에 스키니진을 차려입고 다녔다. 호리호리한 체형 때문에 화려한 글램록 스타일이 떠오르는 모양새였다. 항상 이어폰을 끼고 있길래 웃으며 뭘 듣느냐고 물었더니 일본 아이돌 그룹 'SUPER EIGHT'의 노래를 듣고 있다고 했다. 또 한번은 나중에 뭐가 되고 싶으냐고 물으니 만화가가 되고 싶다고 해서 대단하다고 치켜세워주었다.

어느 날 오후, 엘리베이터에서 아이와 마주쳤다. 아이는 검은색 팬티스타킹 위로 검은색 가죽 미니스커트를 입고 검은색 와이드 벨트를 허리에 두른 차림이었다. 상의는 하얀 블라우스를 입고 있었다. 미소로 인사를 대신했더니 아이가 불쑥 입을 열었다.

"우리 엄마한테 말하지 마세요."

나는 고개를 끄덕였다.

"알겠어."

남자아이는 반년이 넘도록 여장을 하고 다녔다. 어느 날 저녁, 베란다에 멍하니 서 있다가 골목 어귀에 나타난 누군가의 뒷모습을 발견했다. 여장을 하고 다니던 남자아이처럼 보였지만 어떻게 보면 아닌 것 같기도 했다. 작은 흰색 칼라가 달린, 온통 개나리색 꽃무늬가 그려진 홈드레스가 눈에 띄었고 가느다란 두 다리 아래에는 흰색 슬리퍼가 보였다. 아무래도 내가 아는 그애라고 단정하기는 어려웠다. 뒷모습이 어쩐지 약간 달라 보여서일 수도 있었다. 여장을 하고 다니던 위층 꼬마는 한눈에 여자 차림을 한 남자아이라는 걸 알 수 있었으니까. 시각적으로만이 아니라 분위기도 그랬다. 사람은 모름지기 감각기관에서 뿜어져 나오는 고유한 분위기가 따로 있다. 그애에게서 흘러나오는 기운은 누가 봐도 '남자'였다. 여성스러운 느낌은 있어도 어쨌든 '남자'였다. 하지만 그날 밤 내 눈에 들어온 뒷모습은 그 '남자' 아이와 결정적인 차이가 있었다. 완벽하게 '여자'아이였다. 전체적인 몸매나 뿜어져나오는 기운 모두 '여자'였다.

하지만 그렇게 쉽사리 판단하기에는 망설여져서 어두운 베란다에서 인내심을 갖고 기다렸다. 십 분 정도가 흐르자 골목 어귀에서 그애가 걸어나왔다. 개나리색 자잘한 꽃무늬가 그려진 홈드레스를 입은 아이의 앞모습이 드러났다.

내가 알던 남자아이가 맞았다. 아니, '여자아이'였다. 아이의 내면 어딘가 중요한 것이 바뀐 느낌이었다. 어찌 된 일인지 남자아이는 완연한 여자아이로 변해 있었다.

피부가 희고 통통한, 머리가 긴 여자가 초인종을 누를 때까지만 해도 한동안 집주인이 나타나지 않았다는 사실을 모르고 있었다. 여자는 집주인의 손녀라고 자신을 소개했다. 집주인이 지난주에 세상을 떠났기에 앞으로는 집세를 손녀인 본인에게 주면 된다고 덧붙였다. 그다음부터는 집세를 현금으로 건네지 않고 계좌로 이체하면서 서로 수고를 덜 수 있었다.

"지난주에 돌아가셨다고요?"
"네, 지난주 화요일 밤에요."
나는 그제야 여자의 얼굴을 자세히 들여다보았다. 방금 솥에서 꺼낸 찐빵처럼 뽀얗고 통통한 얼굴에는 가늘고 긴 눈과 눈썹이 자리하고 있었다. 코와 입이 정확한 대칭을 이룬 얼굴이었다. 전체적인 인상을 차치하고 유심히 살펴보니 의외로 어려 보였다. 끽해야 이십대 중반이 아닐까 싶었다.

여자가 건네준 흰 종이에는 계좌번호와 전화번호가 적혀 있었다.

집주인 가족은 우리집 아래층에 살고 있었고 그 앞에는 커다란 마당이 딸려 있었다. 지난주 화요일 밤에 내가 깨어 있었나? 침대에 누워 있었을까, 아니면 베란다에 쪼그리고 앉아 어둠 속에 몸을 숨긴 채 아파트 단지를 멍하니 쳐다보고 있었나? 그때는 왜 아무것도 알아채지 못했지? 분명히 동네 개의 하울링 소리와 불안한 듯 왔다갔다하는 길고양이 소리가 들렸을 텐데. 아니면 조개껍데기를 두른 집주인의 영혼이 내 옆을 지나갔을 수도 있는데. 아니면 집주인이 인사를 건넸는데도 눈치채지 못한 걸까?

수다떠는 걸 좋아하는 집주인 손녀가 다소 성가셨다. 집주인과는 별다른 대화를 나눠본 적이 없어서 집주인이 죽기 전까지는 누구랑 같이 사는지도 몰랐다. 당연히 피부가 하얗고 통통한 손녀가 있다는 이야기도 들은 기억이 없었다. 그 뒤로 손녀라는 여자는 자주 내 앞에 얼굴을 들이밀었다.

빵과 과일이 잔뜩 든 쇼핑백을 들고 집으로 돌아오다가, 아이를 데리고 문을 나서는 여자를 대문에서 마주친 적이 있다. 여자는 아이와 남편 얘기를 종종 꺼냈는데 남편을 무척 좋아하는 것 같았다. 대화의 물꼬를 트면 어김없이 수다로 이어지다가 길든 짧든 꼭 남편 이야기를 꺼냈다. 어느 날 그 남편을 실제로 봤는데 깡마른 몸에 까무잡잡한 얼굴이, 하얗고 통통한 여자와 대비가 되었다.

여러 번 마주치자 여자는 전에 집주인한테 있었던 일을 털어놓았다. 자기 할아버지가 돌아가시기 얼마 전부터 기괴한 행동을 하고 다녀서 가족들이 힘들고 괴로웠다고 했다.

집주인은 옷장을 열고 세상을 떠난 아내의 옷가지와 액세서리를 꺼내 걸쳐보기 시작했다. 손녀는 할아버지가 본인을 작고한 할머니로 착각하는 게 아닐까, 하는 생각이 들었다. 할아버지는 목걸이며 귀걸이며 머리핀에 선글라스까지 할머니 것이라면 죄다 하고 다녔다. 할머니 옷을 입고 다니기도 했다.

어느 날은 별안간 다른 사람이라도 된 듯이, 정신없이 부엌일을 하고 있는 며느리를 뒤에서 와락 껴안았다. 며느리는 우악스럽게 자신을 붙잡고 괴상한 소리를 지르는 시아버지를 보고 경악하며 온 힘을 다해 발버둥을 쳤다. 아들과 손녀가 뛰어와 두 사람을 떼어놓고 집주인에게 제정신이냐고 노망난 것 아니냐고 소리를 쳤다. 어떻게 며느리한테 손을 대냐는 식으로 집주인이 수치심을 느낄 만큼 막 쏘아붙였다.

하지만 집주인은 오히려 당당했다.

"아니, 내 마누라인데, 안 될 게 뭐가 있어?"

무섭게 화를 내는가 싶더니 이내 서럽게 훌쩍거리기 시작했다.

"나한테 왜 그러는 거냐, 욕이나 해대고, 마누라한테 손도 못 대게 하고……"

집주인은 본인이 세상을 떠난 부인이라고 생각하는 듯한 행동을 하거나 집안일을 하고 있는 며느리가 부인인 줄 알았다.

"우리 엄마가 너무 놀라서 그뒤로는 집에도 못 들어가고 한참을 밖에서 지냈어요."

메이신은 약혼남과 함께 둥니 선생님에게 이대일 레슨을 받았다. 항상 내 수업시간 전에 두 사람의 레슨 시간이 잡혀 있어서 메이신과는 매주 있는 단체 수업 말고도 주말마다 스튜디오에서 마주쳤다. 메이신은 나한테 다가와 한두 마디씩 말을 걸기 시작했다. 그러다 의외의 속사정을 털어놓기도 했다. 아직 그 정도로 친한 사이는 아니었는데 오죽했으면 나한테까지 이야기를 할까 싶었다.

메이신과 약혼남은 대회에도 출전한 경험이 있는 댄스 커플이었다. 그러니 당연히 둥니 선생님도 두 사람이 앞으로 계속 열심히 하기를 바랐고 메이신도 그러길 원했다. 그런데 어느 날부터 남자가 갑자기 수업에 나오지 않았다. 스튜디오에 들어가면 메이신 혼자 선생님과 연습하고 있을 때도 있었다. 메이신은 선생님이 파트너는 왜 안 왔냐고 물어볼까봐 아예 본인도 빠지겠다고 미리 말해놓기도 했다.

몇 달이 지나고 나서야 두 사람이 파혼했다는 사실을 알았다. 단체반 아줌마, 아저씨들도 닮은꼴 두 사람이 당연히 결혼할 줄 알았다며 놀라움을 금치 못했다. 웃으면 눈이 초승달처럼 부드럽게 휘어지는 두 사람은 직업도 같은 프로그래머였다. 하지만 약혼한 지 육 년 만에 파혼으로 치달았다.

 메이신은 인생의 동반자는 물론 댄스 파트너까지 잃어버린 처지가 되었다.

 축 처진 얼굴로 다니는 걸 보면 아무래도 극복하기가 쉽지 않은 모양이었다. 메이신은 어르신들이 모여 있는 단체반 수업에도 흥미가 떨어졌다. 아줌마, 아저씨들의 관심 어린 눈빛이 간섭으로 느껴졌고, 파트너가 없으니 수업시간에도 혼자 허공에 대고 춤을 춰야 하는 게 싫었다. 처음 겪어보는 처량한 신세에 도저히 적응이 되지 않는 듯했다.

 메이신은 나를 부러워했다.

 "좋겠다. 너한테는 유린이 있잖아."

 메이신은 부모님이 이혼하는 바람에 어머니 혼자 자신을 키웠다고 했다. 메이신의 어머니는 아버지 얘기만 나오면 무책임한 인간이라고 비난했지만, 정작 뭐가 그렇게 무책임했는지는 자세히 알려주지 않았다고 했다. 부모님이 이혼한 다른 친구들도 보면 누구랑 같이 사느냐에 따라 상대방을 무책임한 인간이라고, 드라마 대사처럼 똑같은 비난을 일삼곤 했다.

메이신은 나처럼 본인도 어머니의 소유물이나 마찬가지라고 말했다. 어머니는 약혼남을 별로 좋아하지 않았다. 약혼한 지 오래되었지만 어머니는 두 사람을 서둘러 결혼시킬 마음이 없는 듯했다.

한번은 스튜디오에서 최신식 댄스홀을 빌려서 회원 발표회를 연 적이 있다. 수강생들에게는 공연도 하고 소규모 대회도 참가할 수 있는 기회였다. 연습중인 선수나 관심 있는 댄서 모두 경험도 쌓을 겸 최선을 다해 무대에 임했다. 부잣집 마나님들도 중요한 행사인 만큼 목돈을 들여 의상도 새로 맞춰 입고 강사와 팀을 이루어 사제 공연을 펼쳤다.

따뜻한 분위기의 소소한 발표회여서 스튜디오 원장과 강사들은 수강생들에게 가족도 초대하라며 적극 응원했다. 수강생들이 춤을 맘껏 배울 수 있는 건 사실 가족들이 비싼 강습료를 지원해준 덕분이었다.

메이신은 엄마와 이모를, 약혼남은 부모와 큰아버지, 사촌형, 사촌누나를 초대했다. 양가 어른들이 자연스럽게 만날 수 있는 자리였다.

"우리 이모한테 그쪽 큰아버지가 같이 춤을 추자고 신청했대. 그런데 같이 추다가 이모 가슴을 만졌다는 거야. 엄마가 노발대발하면서 뭐라고 했더니 큰아버지는 절대 그런 적 없다고 펄펄 뛰더라고. 처음에는 그쪽 집안도 당황하는 것 같기는 했는데 우리 엄마가 나중에 또 따지고 드니까 다들 그런 적 없다는 식으로 나오더라."

본의든 아니든 두 사람은 차차 이별 수순을 밟았다.

헤어지고 나서 메이신은 남자의 페이스북을 찾아봤다. 남자는 자기만큼 힘들어 보이지 않았다. 이미 같은 회사 여직원과 사귀고 있었다. 남자는 메이신 때문에 춤을 췄던지라 이참에 춤도 그만두었다. 메이신은 반년 만에 다른 사람을 만나는 남자라니, 엄마가 왜 반대했는지 알 것 같다고, 역시 어른들 경험은 무시할 수 없다고, 엄마의 보는 눈이 정확하다는 결론을 내렸다.

메이신은 둥니 선생님의 스승, 그러니까 스튜디오 원장이 지도하는 대학생반 수업을 듣기로 했다. 그 반에서 파트너를 찾을 수 있을지도 몰랐다. 파트너가 없는 여학생은 '큰 선생님'이 특별히 신경써서 같이 춤을 춰줬다.

'큰 선생님'의 단체반 수업을 들은 지 얼마 되지 않아, 메이신은 '큰 선생님'과 둥니 선생님의 소개로 같은 반에 있는 샤오팡이라는 선수와 호흡을 맞춰보게 되었다. 샤오팡은 키가 크지는 않아도 하얗고 살집이 있어서 체력 훈련을 하는 무리에서도 눈에 띄었고 제법 경력도 있는 편이었다. 하지만 체형에 비해 춤을 잘 출 뿐 대단한 실력자라 말할 수는 없었다. 대회에 출전할 경우 유리한 파트너가 아닌 건 확실했다. 샤오팡은 전에도 몇몇 파트너와 맞춰보았지만 커플로 발전하지는 못했다. 둥니 선생님보다 몇 년 늦게 스튜디오에 들어온 탓에 경력이나 기교 면에서는 애초에 둥니 선생님의 비교 대상이 될 수 없었다. 둥니 선생님은 외부의 대가 선생들의 내로라하는 수제자인 데 반해 샤오팡은 스튜디오의 선수 그룹 중에서도 이군과 삼군 사이의 실력밖에 되지 않아 그 위로는 올라가기 힘든 수준이었다.

실력이 뛰어난 여자 댄서들에게 지적받는 입장이었던 샤오팡은 메이신을 만나고부터는 여자 파트너를 지적하는 입장이 되었다. 선수라고는 할 수도 없고 경력도 거의 없는 데다 연습도 안 한 지 오래된 메이신에게 샤오팡은 우월감까지 느꼈다. 메이신의 스텝이 조금만 틀려도 샤오팡은 불같이 화를 냈다. 예전에 약혼남과 춤을 출 때는 스텝이 잠깐 멈추기라도 하면 메이신이 지적하는 쪽이었다. 지금은 파트너 사이의 권력이 남자 쪽으로 넘어가버린 상황이었다.

자존심이 상할 정도로 욕을 얻어먹은 날이면 메이신의 입술은 새하얘지는 걸 넘어서 바싹바싹 타들어갔다. 그래도 파트너가 있으면 좋겠다는 생각에, 선수 파트너를 만났으니 최선을 다해 따라간다면, 메이신 자신도 선수가 될 수 있을 거란 희망을 품었다.

유린은 여전히 나를 파트너로 보지 않았지만 같이 춤을 추는 횟수가 늘어나면서 암묵적으로나마 차츰 인정하는 것 같았다. 단체반 수업을 들을 때도 꼭 내 옆에 서다보니 시간이 흐르면서 단체반 사람들도 우리를 한 쌍으로 인식하기 시작했다. 유린이 수업시간에 늦게 들어오면 옆에 있던 아저씨가 다른 사람과 얘기를 하고 있다가도 나에게 얼른 귀띔을 해주었다.

"샤텐, 동생 왔다. 얼른 가서 같이 춰."

그렇게 몇 번 반복되자 긴장되어 있던 마음이 사르르 녹으면서 편해졌다. 누군가에게 속해 있다는 느낌, 또는 누군가 나에게 속해 있다는 느낌이 좋았다. 나만의 파트너가 있다는 안정감이 생기면서 다른 누군가와 한 조가 되었다는 소속감을 느꼈다.

유린 아버지가 또 가족 행사에 나를 초대했다. 감당하기는 어려워도, 유린과 반쯤 고정 파트너가 되었는데 가족 모임에 초대하는 건 호의가 아닐까 싶어 참석했다. 유린의 부모와 형, 나 그리고 유란까지 총 다섯 명이 모이는 자리였다. 말 그대로 즐겁게 놀고 춤만 추면 되었다. 테스트도 하고 연습도 할 겸 만났을 때랑은 달랐다. 이번에는 유린 아버지가 저녁때 타이베이 동쪽에 있는 살사 댄스홀로 불렀다. 젊은이들이 한데 모여 엉덩이를 흔들며 살사를 추고 있었다.

유린도 기분이 좋아 보였고 다들 상기된 얼굴로 미소를 짓고 있었다.

댄스홀로 들어간 우리 일행은 수많은 인파를 헤치면서 자리를 찾아다녔다. 유린 아버지는 그새 인파 속으로 들어가 춤을 추고 있는지 보이지 않았다. 미소를 머금고 있던 유린은 댄스홀로 들어가자마자 얼굴을 찌푸렸다. 무엇 때문에 기분이 상한 건지 모르겠지만 그야말로 똥 씹은 표정에 입도 꾹 다물고 있었다. 혹시 내가 뭘 잘못해서 심기를 건드린 건 아닌가 걱정스러웠다. 이쪽을 보고 있던 유린의 형이 다소 난처했는지 우리 옆으로 자리를 옮겨 앉아 말을 걸어왔다. 내 긴장을 풀어주려는 것 같았다. 대화 도중 휴대전화 진동이 울리자 유린의 형이 전화를 받고 오겠다며 눈을 찡긋했다.

"제가 살사를 별로 안 좋아해서요. 아니면 먼저 춤 신청을 드렸을 텐데."

유린은 여전히 말이 없었다. 나에게는 눈길도 주지 않고 무슨 말을 하든 못 들은 척했다. 그러다 나를 수많은 인파 속에 버려둔 채 자리를 박차고 나가버렸다.

나는 억지로 미소를 짜내면서 온몸을 비비 꼬고 왁자지껄 웃고 떠들며 춤을 추는 사람들을 바라보았다. 개중 아는 사람은 하나도 없었다. 내가 어쩌다 이렇게 열기로 소용돌이치는 곳에 앉아 있는 건지 알 수 없었다.

통화를 끝내고 돌아온 유린의 형은 유린이 보이지 않자 해죽 웃으며 말했다.

"같이 기다려줄게요. 저도 어차피 춤은 안 출 거예요. 가족 모임이니까 그냥 앉아서 가족들 춤추는 거 구경만 해도 되거든요."

나를 위한 배려가 고마웠다. 그 순간 유린이 나타났다.

뜬금없이 같이 춤추자고 제안했다.

"그래."

어색한 분위기를 풀 수 있을 것 같아 흔쾌히 그러자고 했다.

"살사?"

"아니요."

유린은 단호했다.

"이번달에 둥니 선생님 수업시간에 배운 거, 룸바요."

나는 눈이 휘둥그레졌다. 사람들이 이렇게 다닥다닥 붙어 있는 곳에서, 그것도 다들 살사를 추고 있는 마당에 룸바를 추자니? 둥니 선생님은 이번달에 갑자기 무슨 마음을 먹었는지 화려한 기교가 필요한, 남자가 여자를 홱홱 잡아당기는 고난이도 안무가 포함된 룸바를 알려줬다. 그 룸바를 추자고? 룸바는 종횡무진하는 안무가 많아 넓은 공간이 필요했고, 그에 어울리는 과장되고 극적인 퍼포먼스가 뒷받침되어야 했다.

"아니, 사람이 너무 많잖아. 이런 데서 어떻게 룸바를 춰? 그냥 살사 추자. 살사도 재미있어. 다른 사람들이 추고 있는 걸로 하자고."

"걱정할 게 뭐 있어요? 나는 자신 있어요. 내가 리드하면 되는데요, 뭘. 원래 남자가 장애물을 피해 방향을 잡아야 하잖아요. 필요한 자리도 만들어낼 수 있어요. 나만 따라오면 전혀 문제될 게 없다니까 그러네."

나는 고개를 가로저으며 애원하다시피 했다.

"살사 추자. 제발, 부탁이야."

룸바를 출 만큼 자리를 확보하기도 힘들고 여기서 틀어주는 음악도 룸바에는 어울리지 않았다. 그게 아니더라도 살사 열기로 뜨거운 데서 굳이 다른 춤을 춰야 필요가 있을까, 너무 예의 없는 행동 아닐까, 하는 생각도 들었다.

유린은 화가 났는지 인상을 찌푸리고는 입을 굳게 다물었다.

나도 기분이 안 좋아 얼굴이 굳어졌고 더이상 아무 말도 하지 않았다.

평소에는 그렇게 자존심 세고 제멋대로이던 유린이 그날은 웬일인지 오 분도 안 되어서 먼저 입을 열었다.

"춰요, 추자고요."

나도 입장을 굽히지 않았다.

"살사?"

유린도 고집을 꺾지 않았다.

"룸바요."

나는 고개를 내젓다가 한쪽으로 돌린 채 유린 쪽은 쳐다보지도 않았다.

옆에 앉아 대답을 기다리던 유린은 내가 평소처럼 못 이기는 척, 하자는 대로 해줄 줄 알았지만 나는 끝까지 요구를 들어주지 않았다.

유린은 씩씩대며 일어나더니 다른 데로 가버렸다.

자리에서 일어나 숨을 내쉬었다. 울 수도 그렇다고 웃을 수도 없는 상황이었다.

그때 별안간 민머리 남자가 날 잡아끌었다. 땀으로 번들거리는 민머리에, 세련된 옷차림으로 보아 그야말로 전형적인 '클럽 춤꾼'이었다. 방금 전까지 이 여자 저 여자와 현란한 춤사위를 선보인 것 같았다.

"같이 추시죠."

내가 대답도 하기 전에 남자는 날 낚아채듯 끌어당기더니 내 손을 잡고 허리를 감싼 후 경쾌한 음악에 맞춰 한 바퀴 빙 돌았다. 나도 모르게 웃음이 터져나와 남자의 스텝에 맞춰 살사를 추기 시작했다. 한 단락이 끝날 때마다 자리로 돌아가려 하자 남자가 아직 안 끝났다며 붙잡고 또 붙잡았다. 그러곤 시대를 풍미하기라도 하듯 한 곡 또 한 곡 열정적으로 춤을 췄다. 나도 덩달아 화려한 리듬과 가벼운 스텝에 빠져들었다. 본능이 되살아나는 느낌이 들면서 행복한 웃음이 멈추질 않았다. 몇 곡을 더 추고 나서야 남자는 이제 되었다는 듯 구십 도 허리를 굽혀서 깍듯이 인사를 하고 내가 앉아 있던 자리까지 데려다주었다.

자리에 혼자 남아 있던 유린의 형은 싱긋 웃으며 나를 바라봤다.

"아주 신나게 추시던데요. 맞아요, 이런 데서는 마음껏 노는 게 최고죠."

목이 말라 물을 마시고 있는데 유린이 살기등등한 얼굴로 나타났다. 손에 들고 있던 물병을 테이블 위에 쾅 놓더니 나를 노려봤다.

저렇게 뜬금없이 화를 내다니, 유린의 형과 나는 너무 황당해서 어이가 없을 정도였다.

유린이 다짜고짜 소리부터 질렀다.

"당신 뭐야. 지금 나 무시해? 내가 같이 추자 그럴 때는 싫다더니 저런 머리도 없는 놈이랑은 시시덕거리면서 잘도 추네? 지금 뭐 하는 짓이야?"

어안이 벙벙하다못해 화가 치밀어올랐다. 버르장머리 없는, 머리에 피도 안 마른 놈이 무슨 남자 흉내를 낸다고, 저 정도면 거의 타고난 거 아닌가 싶었다.

막말을 멈추지 않는 유린 때문에 나도 화가 머리끝까지 났다. 그래, 언제까지 하나 보자, 하는 심정으로 유린을 뚫어져라 쳐다보았다.

당황했던 유린의 형도 그제야 정신이 드는지 그만하라고 유린을 타일렀다. 유린은 분을 참지 못하고 밖으로 뛰쳐나갔다.

유린의 형이 쳐다보길래 억지로 미소를 지으며 고개를 절레절레 흔들었다. 한쪽 눈썹만 들어올린 채 괜찮은지 물어보는 유린 형의 눈빛에 고개를 끄덕여줬다. 우리는 나란히 앉아 몇 분 동안 침묵을 지켰다.

"같이 춤이나 추실래요? 기분 좀 풀어드릴게요."

고개를 저으며 방금 오랫동안 췄더니 좀 피곤하다고 답했다.

유린의 형과 나는 말없이 앉아 있었다.

분하고 억울한 감정이 솟아올라 문득 울고 싶은 기분이 되었다. 자리에서 일어나 먼저 집에 가보겠다고 했다.

유린의 형은 진짜 갈 거냐고, 그러면 자기가 데려다주겠다고 했다.

아니라고, 정말 괜찮다며 거절했다.

그러다 문득 '유린은 다른 사람들의 시선을 끌고 싶었던 게 아닐까?'하는 생각이 머리를 스치고 지나갔다. 유린은 짜임새도 없는 춤이 뭐가 좋다고 저렇게 미친 듯이 추는지 한심스러워 그런 사람들한테 춤의 대가에게 배운 안무를 선보이고 싶었던 것이다. 나는 우리만 다른 춤을 추면 예의에 어긋난다는, 공간도 비좁을뿐더러 이런 자리에는 어울리지 않다는 입장이었다. 유린은 우리만 다른 춤을 춰야 눈에 띄고 그래야 다들 본인을 쳐다보리라는 계산이었을 것이다. 연인 사이의 끈적끈적한 감정을 표현하는 룸바의 고난이도 동작에 감탄을 연발하며 대단하다고 추켜세우는 반응을 보고 싶은 거였다. 부모 앞에서 멋진 춤도 보여주고 형만 잘 추는 게 아니라는 것을 증명하고 싶지 않았을까. 이제야 유린이 왜 그랬는지 이해가 되었다. 댄스홀에 있는 사람들이 모두 자신만 쳐다보기를, 수많은 춤꾼 가운데 하나가 아니라 모두가 주목하는 최고의 스타가 되기를 원했던 것이다.

내가 계속 거절하는 바람에 기회가 날아가버렸다고 생각해서인지 유린은 꽁해 있었다. 유린은 본인이 얼마나 키도 크고 잘생겼는지, 얼마나 멋진지, 얼마나 남다른지를 다른 이들이 알아주기를 바랐다. 그러려면 나의 협조가 있어야 했는데 자기 뜻대로 되지 않아 심술이 났던 것이다.

택시를 타자마자 눈물이 쏟아졌다. 제대로 아는 사이도 아닌 어린놈한테 그 사람 많은 데서 말도 안 되는 욕을 먹다니, 그런 놈이 물병을 확 내려놓는 걸 어리둥절한 얼굴로 보고만 있었다니, 분통이 터졌다. 모든 게 말이 안 되는 상황이었다. 그런 막돼먹은 집안하고는 대체 왜 얽힌 건지, 억울하기 짝이 없었다. 그뿐만 아니라 지난 일 년 동안 유린 그 자식한테 온갖 업신여김과 비아냥은 다 당한 일, 툭하면 내게 내던 화, 수업에 지각을 하거나 빠져도 아무 말도 하지 못했던 게 모두 생각나 내 자신이 한심했다. 왜 그렇게 친하지도 않은 어린놈한테 모욕을 당해야 하는지, 알다가도 모를 일이었다.

어쩐지 또 서러워져서 눈물이 주르륵 흘렀다.

나중에야 왜 그랬는지 이유를 알게 되었다. 모든 건 내가 자초한 일이었다. 모욕을 당한 것도 알고 보면 내 탓이었다. 내 욕심 때문에 겪은 수모였다. 나의 탐욕이 초래한 결과였다. 단지 춤을 추고 싶어서, 오로지 이인무를 추고 싶어서였다. 두 사람이 춰야 하는 춤을 추고 싶어서, 그런 놈에게 같이 춰달라고 매달린 내 잘못이었다. 그따위 취급을 당해도 나는 저자세로 나갔고 섣불리 토를 달 수가 없었다. 파트너 없이 혼자 남겨질까 두려웠다. 너무나도 간절히 춤을 추고 싶었다. 둘이 짝을 이루어 추는 아름다운 춤에서 벗어나고 싶지 않았다.

사실 알고 보면 나는 철저히 혼자인 사람이다. 언제나 혼자였다. 그러니 둘이 한 조를 이루는 세계에는 애초부터 발을 붙일 수 없는 사람이었다. 아니, 아예 발을 들인 적이 없다고 하는 게 맞을 것이다. 그렇게 간절히 애원하며 매달린 것도 다른 사람이 아닌 내가 한 짓이다. 외롭게 홀로 지내야 하는 현실을 처음부터 마주하고 싶지 않았던 걸 인정한다. 늘 갈망하던 세계였지만 처음부터 내가 들어갈 수 없는 세계였다는 걸 인정한다.

어디에나 정해진 규칙은 있는 법이다. 나는 규칙에서 완전히 배제된 사람이었다.

하지만 모든 건 내 잘못이었다. 내가 그토록 간절히 원하지 않았다면, 그렇게 티가 나도록 간곡하게 매달리지 않았다면 이 정도로 억울하지 않았을 것이다. 아랫사람을 자처하지만 않았어도 다른 누군가가 나만의 세계에 함부로 들어와 나를 모욕할 일도 없었을 것이다.

간단한 기본 스텝이든 어렵고 복잡한 기교든 이인무에서 무엇보다 중요한 건 따로 있다. 기초 중에 기초인데, 춤을 추는 두 사람의 몸이 뒤엉키고 밀착되어 언뜻 보기에는 서로에게 의존하는 것 같지만 실제로는 두 사람 모두 자기만의 무게중심을 잡고 서 있어야 한다는 것이다.

각자 자기중심을 잡고 서 있지 않은 채 서로를 지지대로 삼는다면 소름 돋을 정도로 대단한 춤사위는 나올 수 없고, 아름다운 꽃으로도 피어날 수 없다. 몇 년씩이나 춤을 춘 댄서들도 안정감과 무게중심이 가장 중요하다는 기본 이치를 깨닫지 못한 채 소홀히 하기 일쑤다. 정작 매일 연습해야 하는 건 그 두 가지인데도 말이다. 여자의 중심이 흔들리면 파트너를 잡아끌게 되고 남자의 중심이 불안정하면 파트너가 다음 스텝을 밟기 전에 정확한 신호를 줄 수 없다. 그걸 잘 모르는 이들은 본인이 안정적으로 서 있다고 착각한 채 상체를 뒤로 젖히고 뱅그르르 도는 동작을 도와주려고 여자 파트너를 이리 밀고 저리 당긴다. 하지만 그래봤자 바비 인형처럼 가볍고 부드럽게 돌고 싶은 여자 파트너에게 방해만 될 뿐이다. 외부의 힘이 가해지면 팽이가 멈추는 것처럼 기우뚱하다가 넘어지는 불상사가 일어난다. 남자 파트너 때문에 벌어진 일 같지만, 반만 맞는 말이다. 남자 쪽 책임처럼 보여도 사실은 여자가 제풀에 넘어진 것이나 마찬가지다. 남자 파트너가 도와주려다 망친 것이 아니다. 어차피 턴은 여자가 자신의 힘으로 도는 동작이니까.

한번은 수업시간에 어떤 남자와 파트너가 된 적이 있다. 삼백육십 도 회전을 하려는데 남자가 손으로 나를 세게 밀었다.

나는 눈이 휘둥그레져서 물었다.

"왜 밀어요?"

화가 난 듯한 남자는 궁색한 변명을 했다.

"안 밀었어요. 회전하는 걸 도와주려고 한 거예요. 남자가 리드해야 되는 거잖아요?"

"안 도와줘도 돼요. 회전하라는 신호만 주면 된다고요. 그냥 손으로요. 그럼 도는 건 내가 알아서 할게요. 리드한다는 게 턴을 도와줘야 한다는 뜻이 아니에요."

이인무는 서로의 춤 선을 받쳐주며 각자의 춤을 추는 것이다. 리드하고 그 리드를 따라가는 관계에서 서로 뒤엉키고 밀착되면 자연스럽게 교감이 생기기 마련이다. 그런 관계는 이인무에서만 생겨나진 않는다. 남자가 여자를 리드하는 이인무라고 해서 남자가 여자를 일방적으로 밀고 끌어야 한다는 뜻도 아니고, 여자가 자기 몸의 균형을 신경쓰지 않은 채 남자에게 기대기만 해도 된다는 건 아니다. 인간관계에서도 종종 그렇듯이 상대를 견제하는 마음에 툭하면 트집잡는 걸 친하다고 착각하는 것과 별반 다르지 않다. 춤의 세계에서도 본인 잘못은 생각하지 않고 중심을 잡는 연습은 소홀히 하면서 화려한 스텝에만 신경쓰는 어리숙한 사람들이 있다. 두 사람이 짝을 이루어 추는 춤에 그러한 본인의 약점이 안 좋은 영향을 미친다는 걸 모른다. 그러면 아름다움도 사라지고 춤 선도 뒤틀려 이인무의 기본 정신과는 동떨어지게 된다. 댄스스포츠는 아무리 친밀함이 중요한 동작이라도 본질적으로 혼자 추는 것이나 마찬가지다. 리더인 남자가 손의 방향을 달리해 팔로워인 여자에게 다음 스텝을 가볍게 지시할 뿐이다. 서로에게 의존하고 서로의 버팀목이 된다는 의미처럼 보이기도 하지만 리더도 반드시 본인의 무게중심을 바탕으로 안정되게 서 있어야 하고, 팔로워도 나만의 무게중심을 기준으로 안정을 찾아야 한다. 그래야만 같이 합심하여 고난이도 동작을 성공시킬 수 있고 춤 선도 물 흐르듯 안정적으로 표현할 수 있다.

중심을 잘 잡으면 어떤 자세든 몸이 휘청거릴 일은 없을 것이다. 이를 위해서는 평소에 열심히 연습하는 방법밖에 없다. 다른 사람은 단번에 알아채지 못하는, 즉시 효과가 나타나지 않는, 일상의 루틴이 바로 그것이다. '단단한 코어 만들기', '촘촘한 근육 만들기', '강력한 탄력 만들기', '곧게 뻗은 두 다리 만들기', '쫙 편 가슴 만들기', '위로 쭉 끌어올려진 듯한 목 만들기'는 연습 전후의 차이점을 자기 자신밖에 알아차리지 못한다. 그렇기 때문에 평소에는 소홀히 여겨도 문제될 것 없다고 취급받는 연습이다. 정작 그런 연습은 하지 않으면서 말로만 열심히 한다는 사람들은 특별한 기교가 필요한 스텝에만 골몰한다. 하지만 명석한 사람들은 몸의 무게중심을 잡는 연습을 매일 빠지지 않고 해야 한다는 걸 잘 안다.

중심이 제대로 잡히면 몸에 중심축이 생겨나 안정적으로 바닥을 딛고 설 수 있다. 두 발로 바닥을 꾹 누를수록 앞으로 갔다 뒤로 갔다 자유자재로 아름답게 움직일 수 있는 힘이 생기고 파트너와도 한층 더 긴밀한 교감을 할 수 있게 된다. 서로 스치거나 턴을 돌다가 넘어지는 일도 없게 된다.

인어 할머니는 인간의 두 다리를 '굼뜬 두 개의 기둥'이라며 그렇게 보기 흉할 수가 없다고 표현했다. 아침에 일어나면 반드시 공들여서 꾸미는 게 일과의 시작인 할머니였다. 꼬리지느러미에는 열두 개의 굴을 달고 다니는데, 고귀한 신분을 드러내는 표식이어서 한 개라도 덜 달고 다니는 날은 없었다. 인어 세계에서는 왕비만 굴을 열두 개 달고 다닐 수 있고, 다른 귀족은 아무리 많아야 여섯 개까지밖에 달 수 없을 정도로 계층 간의 구분이 뚜렷했다.

육지에서 살아남고 싶다면, 기둥 두 개를 땅에 박고 지지대로 삼아 몸을 지탱하면 된다. 그렇게 몸 자체가 하나의 건축물이 되는 것이다.

이파리는 태어나면 언젠가는 땅으로 떨어진다. 여름에는 반바지를 입고 춤 연습을 하다가도 겨울이 오면 운동용 바람막이를 걸치고 추위를 견뎌야 하는 이치와 같다.

매주 둥니 선생님 수업을 들으면서 선생님과 평소처럼 같이 밥을 먹곤 했는데 무언가 달라진 느낌이 들었다. 웃고 떠들면서 춤에 대해 논하는 건 똑같아도 마음속에는 서로에게 말 못 할 무언가가 생긴 것이 분명했다. 각자 새로운 비밀을 만든 것이다. 나는 물론 선생님도 마찬가지였다.

메이신은 그해에도 샤오팡과 파트너 관계를 유지했다. 샤오팡이 막말을 일삼는 바람에 둘 사이는 가까워지기는커녕 더욱 악화되기는 했지만. 메이신은 툭하면 욕을 얻어먹어 자존감이 낮아진 듯한 느낌이었다. 모욕감이 느껴질 정도로 지적을 당했는데, 음악이 흘러나온다고 해서 어떻게 나를 그런 취급한 사람과 마주보며 사랑을 속삭이는 연인의 춤을 출 수 있겠는가. 몹시 잔인한 짓이었다.

선생님은 프로선수들은 가능하다고 알려주었다. 세계적인 선수들도 무대 위에서는 파트너와 껴안고 춤을 춰도 무대만 내려오면 서로 투명 인간 취급하며 증오하는 경우도 많다고 했다.

메이신은 또 약혼을 했다. 상대는 전 약혼남과 같은 직업인 프로그래머였다. 이번 약혼남도 처음에는 엄마가 고개를 끄덕이며 응원해주었지만 혼사가 정해지자 이런저런 단점을 걸고 넘어지기 시작했다. 두 사람이 앞으로 함께한다면 만만치 않은 문제에 부딪히게 될 터였다.

메이신은 더이상 둥니 선생님에게 개인 레슨을 받지 않았다. 상처를 많이 입은 탓에 샤오팡과는 결별했고, 자연스레 '큰 선생님' 수업과도 멀어지면서 스튜디오에도 잘 나오지 않았다. 가끔 라이 아주머니에게 단체반은 요즘 어떤지, 새로 온 회원 중에 혹시 파트너가 없는 사람은 있는지 물어보기도 했다. 적임자가 있으면 한번 같이 호흡을 맞춰보고 싶다는 말과 함께.

유린은 대학 입시를 치르고 대학에 붙자마자 사라져버렸다. 수업에 나오지 않은 지 두 달이 다 되어갔다. 아줌마, 아저씨들이 나만 보면 유린이 이제 대학도 붙고 개강 전이라 별일도 없을 텐데 왜 수업에 안 나오느냐고 물었다. 둥니 선생님도 유린이 어떻게 지내고 있는지 전화를 걸어보라고 했다. 유린 아버지는 유린이 수업에 잘 나가고 있는 줄로만 알고 있었고, 아줌마, 아저씨들도 내가 유린 아버지를 대신해 유린을 잘 지켜봐야 할 의무가 있다고 생각해서였다. 대충 모르겠다고 대답은 했지만, 아는 게 없는 건 사실이었다. 아무리 전화를 해도 유린이 받지 않으니 더이상 연락해볼 마음이 들지 않았다.

댄스홀에서 그 일이 있은 뒤로 유린은 단체반 수업에 빠지거나 지각을 했다. 입시 준비 때문이려니 생각했고 그즈음부터는 나오지 않아도 이상할 건 없다 싶었다. 그런데 어느 날 수업 후반부 즈음에 유린이 책가방을 메고 나타나 내 옆에 섰다. 새로운 스텝을 배우고 있을 때였다. 여자는 왼손을 허리에 올려두고 오른손은 위로 쭉 뻗는 자세였고, 남자는 한쪽 무릎을 꿇고 두 손으로 파트너를 껴안으려는 동작을 취하며 구애하듯이 여자를 올려다보는 자세였다.

다들 둥니 선생님이 자세를 고쳐주기를, 다음 동작을 알려주기를 기다리고 있었다. 유린이 놀랍게도 다른 수강생들의 동작을 순순히 따라 했다. 내 옆에 있던 빈자리에 한쪽 무릎을 꿇은 채 두 손을 활짝 펴고 고개를 들어 나를 올려다보았다. 나는 아직 화가 풀리지 않은 상태였다. 댄스홀에서 있었던 일 때문은 아니었고, 유린이 파트너로서 밥먹듯 약속을 깰 뿐만 아니라 시종일관 안하무인격의 태도로 나를 대했기 때문에 화가 나 있었다. 나는 유린에게 눈길도 주지 않고 말도 섞지 않았다. 정면에 시선을 고정한 채 시범을 보여주는 둥니 선생님에게만 집중했다.

오른손을 번쩍 들어올리다가 티셔츠와 운동복 바지 사이의 뱃살이 드러났다. 무릎을 꿇고 있던 유린이 내 배를 쳐다보더니 아무 말 없이 티셔츠 끝자락을 끌어내려 뱃살을 가려주었다. 유린은 그 순간 고개를 들어 내 반응을 살폈다. 비위를 맞추려는 듯한 느낌이었다.

불현듯 이제는 어쩔 수 없다는 생각도 들고 한편으로는 마음이 놓이기도 했다. 남녀가 한 쌍이 되어 추는 춤은 서로 잘 모르는 사이더라도 사회적으로 허용되는 일정 한도를 넘어서서 꼭 붙어 있어야 한다. 그러다보면 두 사람의 마음보다 몸이 훨씬 더 가까워지기 마련이다. 서로의 몸에 익숙해지면 상대에 대한 연민이나 의리가 생기기도 한다.

유린은 그뒤로 또 사라졌다가 대학생이 되어 다시 나타났다. 역시나 수업이 한 시간 반이나 지났을 때였다. 그때껏 허공에 대고 누군가를 껴안고 있는 것처럼 혼자 연습하던 나는 유린이 나타나자 이제부터는 제대로 연습할 수 있겠다는 생각에 안도의 한숨이 나왔다. 그런데 알고 보니 유린은 혼자 온 것이 아니었다. 여자애를 데리고 나타나서는 과 친구라면서 춤을 배우게 해주고 싶다고 했다. 유린은 내 자리로 오지 않고 스튜디오 뒤쪽에서 여자애와 얘기를 나눴다. 둥니 선생님과 아줌마, 아저씨들은 나에게 어떻게 된 일이냐는 듯한 눈짓, 그리고 안쓰러워서 어쩌냐는 듯한 눈빛을 보냈다.

쉬는 시간이 되자마자 유린이 뛰어왔다. 저 친구는 춤이 처음인데 쭉 같이 춤을 추고 싶다고 말했다. 그러면서 아직 아무것도 모르는 상태니까 내가 좀 가르쳐주면 좋겠다고 덧붙였다.

어안이 벙벙했다.

"내가 가르쳐달라고?"

"네, 지금처럼 쉬는 시간에 가르쳐주면 되잖아요. 어차피 같은 여자니까 여자 스텝은 잘 알 거 아니에요. 그럼 금방 출 것 같은데."

나는 대꾸조차 하지 않았다.

"그냥 부탁하는 거잖아요. 아니면 내가 재량 춤을 어떻게 춰요?"

상대조차 하기 싫어 고개를 싹 돌렸다. 쉬는 시간이 끝나자 선생님은 다들 자리로 돌아가라는 말과 함께 수업을 시작했다.

유린은 포기하지 않았다.

"수업 시작했으니까 저 뒤쪽으로 가서 좀 가르쳐줘요."

"나도 수강료 내고 수업 듣는 중이니까 내 돈이랑 내 시간, 네 멋대로 쓸 생각 하지 마."

말을 끝내자마자 선생님 쪽을 쳐다보며 유린에게는 눈길도 주지 않았다. 유린은 사람들이 다 쳐다보는데도 씩씩대며 뒤쪽으로 가더니 여자애와 같이 자리에 앉았다. 얼마 지나지 않아 그 둘은 밖으로 나가버렸다.

수업이 끝나고 아줌마, 아저씨들이 몰려와서 유린은 왜 왔다가 그냥 나갔냐, 대체 무슨 일이냐, 여자애는 왜 데리고 온 거냐며 다그치듯이 물었다. 나는 얼굴에 쓴웃음을 띤 채 고개만 내저었다. 별로 입을 열고 싶은 기분이 아니었다. 말해봤자 내 처지만 우스워질 터였다.

주말에 둥니 선생님에게 개인 레슨을 받으러 갔다가 무슨 일이 있었는지 모조리 털어놓았다.

선생님은 화를 냈다.

"세상에 그 정도로 막돼먹은 놈이 다 있냐."

결국 둘씩 한 팀이 되었다가 하나둘 갈라섰다. 메이신과 샤오팡, 둥니 선생님과 광시, 나랑 유린 모두. 하지만 우리는 망망대해를 떠다니며 휘황찬란한 빛을 마주할 때마다 나도 누군가를 만나 함께할 수 있지 않을까 하는 기대만큼은 저버리지 않았다.

나는 얼마간 이를 악물고 버텼다. 혼자 단체반 수업을 듣고 나 홀로 개인 레슨을 받으며 예전처럼 열심히 춤을 췄다. 둥니 선생님에게 차차차를 배우던 어느 날 저녁이었다. 빠른 템포에 맞춰 뱅그르르 도는 동작이 여러 번 나오는 안무였다. 선생님은 한 박자에 맞춰 삼백육십 도 회전을 해보라고 시키며 멈췄을 때 처음 위치로 돌아와 있어야 한다는 요구조건을 달았다. 발레리나처럼 중심을 잘 잡고 안정적으로 회전할수록 속도는 빨라지고 원래 위치로 한결 쉽게 돌아올 수 있는 동작이었다.

다들 쉬는 시간에도 몇 차례 반복해서 회전 연습을 했다. 나도 하이힐 댄스화를 신은 채 돌고 또 돌며 쉬지 않고 연습을 반복했다.

발이 욱신거리길래 슈즈를 벗고 발가락을 쫙 펴보았다. 살짝 참을 만해지자 맨발로 다시 일어나 회전 연습을 이어나갔다.

중심을 꽉 잡은 상태에서 고개를 들고 가슴을 펴고 배를 집어넣고 두 손은 쫙 벌린 뒤 발끝을 세웠다. 유명한 발레리나처럼 오른쪽으로 회전을 했다. 순간 몸이 갸우뚱거리며 중심이 흔들리는가 싶더니 모로 넘어졌다. 재빨리 오른발로 착지하며 바닥을 밟고 중심을 잡으려다가 오른발이 왼발 위로 떨어졌다. 턴 동작은 온몸의 힘이 필요한 만큼 착지할 때 무게가 어마어마하다. 오른발이 왼발 발가락을 밟는 순간 '뚝' 하는 소리가 선명하게 들렸다. 재빨리 오른발을 뗐지만 통증이 치밀어 벽을 붙잡고 겨우 몸을 지탱했다. 왼발 두번째 발가락이 오른쪽으로 사십오 도 휘어져 있었다.

꺾인 발가락을 보니 왜인지 모르게 거부감이 들었다. 보기 흉해서였을까? 본능적으로 허리를 구부린 채 두번째 발가락을 '딱' 소리가 날 정도로 오른쪽으로 확 젖혔다. 다행히 원래 자리로 돌아왔다.

아무 일 없었다는 듯이 스튜디오를 나왔고 당연히 별일 아닐 거라고 생각했다.

데이비드와 연애를 시작할 무렵에 터진 일이었다. 데이비드는 댄스스포츠 수업이 있을 때마다 나를 데리러 왔다. 그날도 어김없이 날 데리러 왔다가 발가락 얘기를 듣고는 빨리 병원에 가봐야 하는 거 아니냐고 했다. 원래 위치로 잡아당겼더니 다섯 발가락 모두 아무렇지 않다고 괜찮을 거라고 대답했다. 사실 병원보다는 바로 데이트를 하고 싶은 마음 때문이기도 했다.

내 생각과 다르게, 발가락은 사흘째 되던 날부터 퉁퉁 붓기 시작했고 색깔도 거무죽죽해졌다. 슬리퍼를 신고 목발을 짚는 신세가 되어 나흘째 되던 날 정형외과를 찾아갔다.

엑스레이를 찍어본 의사는 골절이라고 진단했다.

어떻게 된 건지 알려달라고 해서, 턴 동작을 연습하다가 그랬다고, 왜 그랬는지는 모르겠지만 오른쪽으로 휘어져 있던 발가락을 보자마자 왼쪽으로 잡아당겼다고 설명했다.

"무의식중에 본인 목숨을 구하신 겁니다."

의사는 발가락을 휘어진 채로 두었다면, 게다가 사흘 동안이나 진료를 받지 않았다면, 혈액순환이 잘되지 않아 발가락은 지금쯤 새까맣게 괴사했을 거라고, 발가락을 잘라내야 했을지도 모른다고 말했다. 내가 반대쪽으로 잡아당겨서 뼈가 부러지긴 했지만 그 덕에 틈이 생겨 혈액순환이 조금이나마 될 수 있었다. 병원도 안 가고 꼬박 사흘을 버틴 바람에 이렇게 부어오른 것이었다.

의사는 석고붕대를 감아주며 얼마 있으면 막혔던 혈관이 뚫리면서 뼈가 잘 붙을 것이라고 했다.

"반년 정도 걸릴 겁니다."

의사는 반년을 기다려야 한다고 했다.

"반년이요? 댄스스포츠는 해도 되나요?"

의사가 소리내어 웃었다.

"댄스요? 어떻게요? 그러고 출 수 있겠어요?"

반년이면 된다고 둥니 선생님에게 말해두었다.

실제로는 반년보다 훨씬 더 오랫동안 춤을 떠나 있었다. 거의 십 년이 지나서야 댄스 스튜디오로 돌아갈 수 있었다. 그동안 선생님을 만난 적은 없다.

10

데이비드는 물고기와 바다를 좋아하는 남자였다. 한 시간이나 미소 띤 얼굴로 어항에 시선을 고정한 채 꼼짝 않고 본인이 키우는 물고기를 골똘히 바라보았다. 물고기들의 취향을 가려내기라도 하겠다는 듯이. 집에 있는 어항을, 거실에 놓여 있는 작은 바다를 쳐다보며 하나의 동굴이라고, 심오한 비밀의 세계로 들어가는 입구라고 상상했다. 넓디넓은 비밀스러운 세계로 이어지는 통로를, 광활함의 상징을 쳐다보며, 어항 속 작은 바다가 상징하는 무한함을 마음껏 느끼고 싶어 했다. 그럴 때마다 마음속은 열망으로 그득했고 즐거움으로 가득찼다.

데이비드는 어항 이야기를 해주었다. 왜 인간은 집에 작은 바다를 만들어놓는 건지, 왜 방대하고도 복잡한, 영원히 손에 쥘 수 없는 신비한 세계를 굳이 작은 집안으로 들여놓는 건지에 대한 이야기를. 마음이 허한 인간은 작은 어항 속 바다에서 위안과 안정감을 얻어. 언제든 나만의 비밀스러운 세계에 들어갈 수 있을 것 같은 착각이 필요해.

"인간은 언제고 드나들 수 있는 자기만의 비밀스러운 세계가 있어야 존엄한 삶을 누릴 수 있거든."

르네상스 시대가 시작되자 유럽에는 진귀한 물건을 넣어두는 수납장이 생겼다. 사람들은 희귀한 수집품을 어디에 모아놓을까 고심한 끝에 수납장에 진열하기로 했다. 부유한 이들은 아예 방 하나를 따로 마련해 여기저기서 모아온 진귀한 물건을 보관했다. 그런 공간이 박물관의 시초가 되었다. 당시 사람들은 수납장에 어떤 걸 넣어두었을까? 보통 악어 표본이나 화석 알, 식물 화석 등이었다. 상류층이 아니라면 구하기 힘든 신기한 물건들이었다. 희귀한 물건은 소유자의 사회적인 위치를 상징한다. 새로운 것에 대한 왕성한 호기심과 미지의 영역에 대한 탐험가 정신을 보여주기도 한다.

십사세기 사람들은 지도에는 표시되어 있지 않은 미지의 세계를 탐험하기 시작했다. 훗날 대항해시대가 펼쳐지자 점점 멀리 떨어진 곳을 지도에서 찾아 나섰다. 바다에 대한 호기심과 실제 탐험 시도가, 바닷가에서 바닷속 깊은 곳까지 점차 확장되었다. 진귀한 물건을 모아놓는 수납장에는 바다에서 구해온 희귀한 물건이 더욱 늘어났다. 해마나 조개류 같은 것들이 과학자와 수집가 사이에서 일대 유행을 하기도 했다.

바닷속에서 넘어온 물건이 수납장 안에 보관되고 따로 등록되고 체계적으로 분류되면서 사람들 기억 속에 자리잡기 시작했다. 일부 과학자나 교육자가 이를 글과 그림으로 남기는 시도를 하기도 했다. 바다를 사오백 장의 카드 안에 축소시켜 놓거나 아름다운 동판화로 제작하는 경우도 있었다. 이렇게 만들어진 카드 세트에는 바다라는 개념이 집약되어 있었다. 마치 삽화가 들어간 백과사전과도 같았다.

이러한 인간의 시도는 사실 오만함에서 비롯된, 인간의 야심과 호기심을 충족시키고자 하는 욕심이었다. 그런다고 방대한 바닷속 세계를, 설령 제한적인 형태라도 완벽하게 표현할 수 있겠는가? 아무리 해도 소용없는, 어찌 보면 '대담한' 시도가 끝없이 이어지면서 수납장이라는 개념이 인류 사회에서 살아남을 수 있었다. 나중에는 수납장에 물을 넣은 것이 어항의 시초이자 유리 상자 속에 구현된 바다의 축소판이 되었다.

　데이비드는 주말마다 차를 끌고 바다로 나가 바닷물을 길어 온다. 집으로 돌아와 바닷물을 모아놓고 불순물이 가라앉기를 기다린다. 바닷물이 새로운 온도에 적응하도록 하룻밤 놓아두었다가 이튿날 여러 번에 걸쳐 어항에 쏟아붓는다. 어항 모터, 산소 발생기, 조명, 온도를 확인한 뒤 물고기를 한 마리씩 관찰한다. 잘 움직이고 있는지 보는 것이다. 어떤 녀석이 활발하게 돌아다니는지, 어떤 녀석이 둔하게 움직이는지, 아픈 녀석이 있는 건 아닌지, 다른 녀석에게 공격을 받은 건 아닌지 살핀다. 어항에 생겨난 작은 생태계가 균형 있게 유지되고 있는지 파악하는 것이다. 흔들리는 물빛에 반사되어 데이비드의 얼굴에 어른거리는 수중 식물과 형형색색의 물고기가 내 눈에 들어온다.

　데이비드는 바닷가로 물을 길으러 갈 때마다 수영도 하고 스노클링도 한다. 멀찍이 떨어져서 보면 파도를 타며 물 위로 올라갔다가 물 아래로 잠겼다가 하는 물고기 같다. 원래 속해 있던 낙원으로 돌아가는 물고기가 된 모습을 보고 있노라면 내 마음도 편안해지지만 동시에 애잔한 마음도 든다. 바다를 두번째 고향으로 삼다니, 필시 단순하면서도 너그러운 사람임이 틀림없다.

데이비드는 물론 춤을 출 줄 아는 남자는 아니었다.

데이비드가 예전 일을 이야기해준 적이 있는데 어쩜 그렇게 노래 가사처럼 아름다운 일이 다 있을까, 하는 생각이 들었다. 데이비드는 목요일 오후를 자위하는 시간으로 정했다. 가벼운 마음으로 느긋하게 침대에서 일어나 커튼을 젖히고 태양의 빛발과 열기를 피부로 느꼈다. 살갗이 녹아버리는 듯한 느낌이었다. 이렇게 하루를 시작한다면 온종일 자신과 잘 지낼 수 있다는 것을 데이비드는 잘 알았다. 자기반성도 하고 즐거움도 누리며 따사롭고 온화한 하루를 보내리라는 사실을.

점심때 즈음 수업이 끝나면 데이비드는 휘파람을 불며 경쾌한 발걸음으로 교문을 나선다. 얼굴을 마주치는 친구들과도 다정하게 인사를 나눈다. 굴다리를 건너 차도로 나와 집으로 가는 버스를 기다린다. 버스에 올라타 창밖에서 불어오는 바람과 입맞춤을 하다보면 바깥 풍경이 한 정거장, 한 정거장 뒤로 밀려난다. 다른 사람들은 분주하게 버스를 오르내린다. 눈에 익은 건물들이 창밖으로 지나가지만 하나같이 다 신기해 보이는 순간이다.

집에 들어와서는 가방을 내려놓고 신발을 벗는다. 누나는 아직 학교에, 부모님은 직장에 있을 시간이어서 집에는 데이비드밖에 없다. 맥주 캔을 따고 소파에 누워 스포츠 경기를 본 뒤 어항 앞에 한참을 앉아 있는다.

물고기들이 돌아다니다 식물 사이에 숨어 있는 걸 보고 있으면 물결의 미세한 진동에서 비롯된 작은 소리가 물고기들의 리듬을 타고 전해진다. 우주가 건네주는 이야기처럼 들리기도 한다. 어항이라는 소우주는 가장 원시적인, 태초의 이야기를 들려준다. 미래 시점에 행성들끼리 주고받는 신호처럼 들릴 때도 있다. 귀에 그 소리가 분명히 들리기는 하지만 무슨 의미의 신호인지는 이해하지 못한다.

데이비드는 의자를 끌어당겨 좀더 앉아 있는다. 데이비드에게는 어항이 바로 진귀한 물건이다. 어항 속에는 시공간을 초월한 외침이 울려퍼진다.

현실로 돌아오고 싶을 때까지 앉아 있다가 부엌으로 들어간다. 맥주 캔을 헹궈서 쓰레기통에 버린다. 방으로 들어가 침대에서 천천히 그리고 정성껏 자위를 한다. 자위는 자기 자신을 극진하게 대접함으로써 차오르는 기쁨으로 가득한 행위다. 목요일 오후에 치르는 길고 긴 의식 중에 가장 마지막 장에 해당한다. 사정을 하고 나서 뒷정리를 하고 샤워를 한다. 그러곤 근처 운동장으로 가 농구를 하거나 자전거를 타고 야구 연습장에 간다. 아니면 집에서 영화를 본다. 느지막이 누나가 들어오고 부모님도 퇴근하면 가족끼리 모여 저녁을 먹는다.

데이비드는 성이란 건 고통의 근원이 아니라 스스로에게 정성을 다하는 일이며 기쁨이 넘치는 일이라는 걸 직관적으로 알고 있었다.

"이제껏 들어본 이야기 중에 가장 감미로운 이야기인데?"

애정과 존경심이 가득 담긴 내 눈은 이내 촉촉해졌다.

'그런데' 어느 목요일, 데이비드가 오전 수업이 끝난 뒤 택시를 타고 집에 온 날은 달랐다. 심리적으로나 생리적으로나 소중한 오후 시간을 마련해놓고 자위를 마지막 코스로 정해놓은 상태였다. 현관문을 열고 들어가는데 누나가 집에 먼저 와 있었다. 소파에 앉아 다리를 쭉 편 상태로 탁자에 걸친 채 텔레비전에서 해주는 영화를 보며 깔깔대고 있었다. 행복한 시간은 시작되기도 전에 중단되고 말았다. 화가 치밀어올라 누나에게 왜 이 시간에 집에 있느냐고 짜증을 냈더니 교수님이 오후 수업을 휴강했다는 답이 돌아왔다. 누나는 감자칩을 집어올리며 먹을 거냐고 물었다.

데이비드는 불같이 화를 냈다.

"아, 됐어."

데이비드는 뭘 해야 좋을지 몰라 어항 앞으로 천천히 걸어가 잠깐 서 있다가, 앉아 있고 싶지는 않아 방으로 들어갔다가, 잠깐 꾸물거리다가 다시 밖으로 나왔다. 왜 음료수 뚜껑을 제대로 안 닫고 냉장고에 넣어놓았느냐는 둥 일부러 트집을 잡아 누나에게 소리를 빽 질렀다.

누나도 소리를 지르며 맞받아쳤다.

"왜 별것도 아닌 걸 가지고 나한테 난리야."

데이비드는 순간 말문이 막혔다. 별것도 아니라고 하면 그럴 수도 있겠지만 사실 아무 일도 없던 건 아니었다. 괜히 집안을 왔다갔다하다가 집을 나와 농구를 하러 갔다.

진귀한 물건을 넣어두는 유리 상자에 물을 붓고 바다 생물을 들여보낸다. 이는 미지의 영역에 대한 인간의 왕성한 호기심과 지적 욕구의 상징이었지만, 지금은 어항과 호기심, 그리고 미지에 대한 인간의 동경이 서로 관련성을 상실한 듯하다. 갈수록 많은 이들이 수집가가 되면서 모으고 소장하는 것 자체만으로도 인간은 만족하게 되었다. 그리고 따로 시간을 마련해 수납장 속 희귀한 물건을 감상하게 되었다. 아름답고 보기 드문 형형색색의 물건에는 인간의 욕망이 투사되어 있다는 사실은 망각한 채.

데이비드는 앵무새나 카나리아 등 장식용으로 기르는 가금류 수집이 십팔세기 유럽 사람들 사이에서 유행이었다고 알려주었다. 특히 여자들 사이에서 인기가 많았다고 한다. 당시 한 과학자는 새장 속에 갇힌 희귀한 새를 집안일에 매여 있는 여자에 비유했다. 그 과학자는 자신의 글에 여자를 비롯한 귀족들은 성욕을 통제하기 힘든 탓에 감정 기복이 심하고, 언제 운 좋은 일이 생길지도 알 수가 없기에 항상 화려하게 꾸미고 다니며, 늘 새로운 걸 찾아다니는 사람들이라 썼다고 한다.

 바다 생물을 잡아다가 집에 가둬놓는 건 어쨌든 잔인하지 않느냐고 데이비드에게 물었다.
 "바다는 엄청 넓고 크잖아. 고작 물고기 몇 마리를 가져다 키우는 건데, 동물원의 잔인함과는 차원이 다르지. 비슷하다 하더라도 정도가 훨씬 미미하니까."
 아무튼 어항 속 작은 바다는 맑고 깨끗하지 않은 구석이 없기에 사람들은 그 속에서 완벽함을 느낀다.

 나는 내 나름의 비밀이 있고 데이비드도 자기만의 비밀을 간직하고 있다. 내가 만나는 사람들은 모두 저마다 비밀이 있는 것 같다. 이것만으로도 우리는 다른 이들보다 훨씬 운이 좋은 사람들이 아닐까. 지켜야 할 나만의 비밀이 있다는 건 믿을 만한 사람이라는 뜻이고 더욱 멋있어질 사람이라는 뜻일 테다. 데이비드는 언젠가 일을 그만두면 가장 하고 싶은 건 바다로 나가 배를 몰거나 어부가 되는 것이라고 우스갯소리를 했다. 나는 뭘 해야 어부에게 어울리겠느냐고 물으니 데이비드는 꽃을 심는 게 좋겠다고 했다. 그렇다. 나도 나만의 정원을 꾸며야겠다고 생각했다.

발가락이 골절되는 바람에 매주 데이비드와 바닷가를 찾았지만 바다에 들어가지는 않았다. 시간을 허투루 쓰고 싶지 않았다. 댄스 스튜디오로 돌아가고 싶어도 막상 돌아갈 생각을 하면 또 금세 귀찮아졌다.

이번 부상은 나에게 주어진 휴식이거나 혹은 아예 춤이라는 세계를 벗어날 출구가 될 수도 있었다.

다른 사람들 눈에 나는 둥니 선생님이 말한 즈언 같은 여자가 되어 있었다. 입으로는 춤을 대단히 사랑한다느니 파트너가 제일 중요하다느니 외쳐댔지만 실은 춤을 별로 대수롭지 않은 일로 여기는 그런 여자. 현실에서 애인이라도 생기면 뒤도 돌아보지 않고 바로 춤을 저버리는 그런 여자.

사실 지친 지는 꽤 오래되었다. 유린이 나타나지 않아 무척 피로한 상태였고 그나마 남아 있던 자존심마저 무너져내린 상황이었다.

친구 사이였던 나를 대하는 선생님의 태도에도 미묘한 변화가 생겼다. 선생님은 광시와 갈라서고 새로운 파트너를 찾아다니며 호흡을 맞춰보곤 했다. 그래서인지 툭하면 화를 냈다. 수업시간에 불쑥 언성을 높인 적도 여러 번이었다. "세번째 소절, 템포 좀 잘 맞춰.", "다섯번째 소절에서 위쪽 가슴을 꺾을 때 확 눈에 안 들어오잖아. 템포만 생각하다가 춤 선이 무너지고 있다고.", "집에 가서도 체력 훈련 꼭 하고. 등 위쪽이 딱 봐도 구부정해."

선생님은 내가 고개를 숙일 때까지 무섭게 야단쳤다.

"수업 없을 때 연습은 제대로 했어? 연습도 안 하면서 수강료만 내고 왔다갔다하면 아무런 소용도 없다는 거 몰라? 개인 레슨도 안 받는 것만 못하다고. 그럴 거면 그냥 아무렇게나 네 맘대로 추는 게 낫지."

파트너가 없으니 혼자 연습하는 것도 힘에 부치고, 연습을 해도 다음 단계로 넘어가기가 어렵다는 걸 나는 누구보다도 잘 알았다. 체력도 여기까지가 한계라는 걸, 이 정도가 최선이라는 걸 말이다. 하지만 선생님이 나에게 거짓말할 리는 없었다. 노력하면 안 되는 게 없다는 거짓말을.

그런 마음의 소리를 듣기라도 한 듯 나는 내 발가락뼈를 부러뜨리고 말았다. 마침 나를 바닷가로 데려가줄 남자, 삶을 즐길 줄 아는 남자까지 나타났다. 데이비드의 요모조모를 관찰하고 있으면 걱정이 사라지고 호기심까지 충족되는 기분이 들었다. 망망대해 같은 이 세상에서 휘청대던 내가 잠시나마 발을 붙일 수 있는 발판이 나타난 셈이었다.

그 이후로는 수업에 나가지 않았고 메이신도 레슨을 관뒀다고 들었다.

메이신은 주말만 되면 으레 뭐 하고 있냐는 메시지를 보내왔다.

그러면 나도 너는 뭐 하고 있냐는 답장을 보냈다.

메이신은 매번 집에서 컴퓨터를 하거나, 컴퓨터를 부팅하고 있다고 했다.

언젠가 한번은 너는 약혼남도 있는데 왜 같이 영화도 안 보러 다니고 데이트 같은 것도 안 하고 집에만 있느냐고 물어본 적이 있다.

메이신의 대답은 늘 한결같았다.

"남자친구가 우리 엄마 모시고 쇼핑하러 갔어."

메이신은 한밤중에도 메시지를 보내왔다. 사랑이란 대체 어디 있는 건지, 자기랑 잘 맞는 남자는 대체 어디 있는 건지 모르겠다며 숨막힐 정도로 가슴이 답답하다고 하소연했다.

"약혼남은?"

"나랑 잘 안 맞아. 엄마가 그 남자한테 문제가 있대."

"잘 안 맞는다면서 어떻게 약혼까지 하고 몇 년씩이나 만난 거야?"

"말하자면 길어."

"파혼해야 되는 거 아냐? 이제 그만 서로를 놓아주는 게 좋을 것 같은데."

"그런 건 또 아니야. 그동안 있었던 일을 너한테 시시콜콜 다 말해주기도 힘들고. 헤어지자고도 해봤는데 그럴 때마다 화를 내더라. 어떻게 모녀가 둘 다 그럴 수가 있느냐고, 그러다가 천벌받는다는 말까지 하면서."

언젠가는 춤을 추러 돌아갈 거라는 믿음이 내 마음 한구석에 자리하고 있었다. 둥니 선생님이 여전히 춤을 추고 있으니까. 아직도 스튜디오에서 수업을 하고 있으니까. 내 마음 속 선생님은 평생 춤을 출 사람이니까. 선생님만 찾아가면 춤의 세계로 돌아갈 수 있을 것만 같았다. 선생님만 찾아가면 될 것 같았다. 우리는 친한 사이니까. 아니, 적어도 한때는 가까운 사이였으니까.

일을 시작하면서 일이 년이 훌쩍 지나갔고 꾸물대다보니 삼 년이 지나버렸다.

선생님이 제약회사 법무 팀을 그만두고 춤으로 생계를 잇기 시작했다는 소식을 들었을 땐 충격이 컸다. 선생님이 싫어했던 일, 그러니까 몸으로 돈 버는 일을 하다니. 선생님이 가장 좋아하는 춤을 생계와 동일 선상에 놓다니. 사람이 변한 걸까? 파트너를 새로 만나 춤은 잘 추고 있다는 얘기는 전해들었다. 지금은 레슨으로 먹고사니 하루가 수업 스케줄로 꽉 차 있다고도 했다. 때로는 '큰 선생님' 스튜디오에서, 때로는 헬스장에서, 때로는 외부에서 단체반 수업을 하기도 하고 타오위안*까지 가서 레슨을 할 때도 있다고 들었다.

선생님이 얼마나 필사적으로 이리 뛰고 저리 뛰며 수업을 하고 다닐지 눈에 선했다. 지금도 블랙풀에 가고 싶어 열심히 노력중일 것이다.

---

* 桃園. 타이베이에서 사십 킬로미터 떨어진 타이완의 국제 공항이 위치해 있는 도시.

선생님에게 몇 번이나 전화를 걸어 레슨을 다시 받고 싶다고 운을 뗐다.

"아직도 파트너가 없다는 게 문제기는 해요."

나는 의욕에 차 있었다.

"선생님, 이제 수강생이 더 늘었잖아요. 개중에 제 파트너 될 만한 사람이 있는지 알아봐주실래요?"

"그래, 그건 문제없어. 좋은 게 좋은 거니까. 그런데 솔직히 좀 어렵다는 건 너도 알지? 주변 친구들 중에 같이 배울 사람 없는지 알아봐. 아니면 우선 단체반 수업을 들어보든지. 거긴 같이 출 사람이 있을지도 모르니까."

내 나이와 현재 상황으로는 파트너를 구하기가 쉽지 않다는 사실을 선생님이 굳이 언급하지 않았다는 걸 나도 알았다. 중년반이 아닌 이상 춤을 배우러 오는 사람들은 대부분 젊은 남녀였다. 사실 놀라웠던 건 선생님의 사무적인 말투였다. 강사들이 보통 갓 등록한 수강생에게 하는 전형적인 대답이기도 했다.

얼마 뒤, 파트너를 알아봐줄 수 있는지 다시 전화를 걸어보았다.

선생님은 깊은 한숨을 내쉬었다.

"그렇게 만만치 않다는 건 너도 잘 알잖아."

"그럼 전처럼 개인 레슨 해주시면서 선생님이 같이 춰주세요."

"요즘 스케줄이 빡빡해서 시간 내기가 어려울 것 같은데."

"일주일에 한 시간도 안 돼요? 잠깐이라도 시간 좀 내주세요."

"알겠어. 상황을 좀 볼게."

그뒤로도 몇 번 연락을 해보았지만 선생님은 전화를 받지 않았다.

잊어버릴 만하면 한 번씩 걸어보았는데 단 한 번도 내 전화를 받지 않았다.

속이 상했다. 선생님도 춤으로 돈을 벌게 되면서 전에 내가 만난 몇몇 강사들처럼 변해버린 걸까? 돈이 되는 선수와 부잣집 마나님들밖에 안중에 없는 그런 강사들처럼? 잇속에 따라 움직이는 세속적인 인간으로 전락한 걸까? 수강생을 돈으로 차별하지 않던 그 사람은 이제 없어져버린 걸까? 아니면 나 혼자 선생님과 가까운 사이라고 착각했던 걸까? 이제 나는 선생님과 인간 대 인간으로 춤을 논할 수 없는 사이가 된 걸까? 내가 현실적으로 수입을 두둑하게 안겨줄 수 없는 사람이어서? 이제 선생님은 물불을 가리지 않는 열정을 가진 친구가 필요 없게 된 걸까?

얼마간 몇 차례 통화를 시도하다가 지쳐서 아예 그만두었다. 잔인한 현실이었다. 나는 그제야 깨달았다. 지금의 나는 선생님에게 친구로서든 학생으로서든 ATM기로서든 필요하지 않다는 사실을.

어항에 물고기를 기르는 남자 덕분에 보통 사람의 삶도 그다지 두렵지만은 않다는 걸 깨달았다. 데이비드도 여느 보통 사람처럼 평범하게 사는 사람이었다. 낮에는 일하고 밤에는 자고 친구도 만나면서 쾌활한 삶을 영위했다. 그렇다고 서로의 숨소리까지 코앞에서 듣게 되는 한 쌍의 커플이 되었다는 두려움에서 완전히 벗어나지는 못했다. 춤을 출 때는 그렇게 누군가와 커플이 되고 싶어했지만, 막상 현실 커플이 되고 보니 생각하지 못했던 두려움이 엄습해왔다. 생물 법칙에 위배될 정도로 서로 정답게 의지하는 사이나 부러움을 살 만한 귀여운 커플의 모습 뒤에도 폭력과 통제가 숨어 있을지도 모른다는 두려움이었다. 나는 여전히 남모를 절망감에 빠져 있었다. 하지만 일을 시작하면서 현실을 조금씩 받아들이게 되었고 그럴수록 현실에 차츰 다가갈 수 있었으며, 그럴수록 점점 더 바빠졌다. 계속 내 옆에 있어준 광시는 결혼도 하고 아이를 낳았고 춤은 더이상 추지 않았다. 소탈한 성격과 똘망똘망한 눈빛은 여전했다. 요즘은 수영과 요가에 빠져 있다고 했다.

만으로 마흔이 되기 일주일 전 완경 선고를 받았다. 의사들마다 믿기 어렵다는 게 첫 반응이었다. 검사를 몇 번씩 더 해보고 이 병원 저 병원 찾아가보았지만 결과는 똑같았다. 의사는 위로 아닌 위로의 말을 던졌다.

"보기 드물기는 해도 이런 사례가 아예 없는 건 아닙니다."

여성호르몬제는 먹어도 된다고, 다만 먹었을 때 생리가 다시 시작되는 경우도 있지만 완경이 맞다면 시작하지 않을 거라고, 그저 적응할 시간이 늘어날 뿐이라고 했다. 여성호르몬제를 이 년 이상 복용하면 유방암에 걸릴 확률이 높아진다.

온몸이 붕 뜬 느낌에 휘청거리며 병원을 나왔다. 길가로 들어서자 다리에 힘이 풀렸다. 인도에 꿇어앉은 채로 훌쩍거리다 울음을 터뜨렸다. 하늘이 소원을 들어준다는 게 사실이구나, 소원을 빌면 하늘이 듣고 있다는 게 맞는 말이구나, 싶었다. 모든 인과관계가 단번에 이해되었다. 열 살 무렵이 나에게는 굉장히 힘들고 절망적인 시기였다. 여자는 나이가 들수록 엄마와 똑같아진다는 말을 듣고 느낀 좌절감은 이루 말할 수 없었다. 하늘이 원망스러웠다. 의지할 데가 없어 정처 없이 떠도는, 매 순간 고통에 휩싸인 삶이 유전자를 통해 영원히 끝없이 전해진다니, 믿고 싶지 않았다. 아직 어렸던 나는 큰마음을 먹고 하늘에 맹세했다. 이번 생에는 절대로 자식을 낳지 않겠다고. 어린 마음에, 존재하지도 않는 나의 아이를 급한 대로 보호하려 한 것이었다. 그 아이를 사랑한다면 나처럼 될 아이를 절대 태어나게 할 수는 없었다.

어릴 때 기억은 거의 나지 않는 편인데도 찰나의 순간에 그 당시 기억이 되살아났다.

병원 엑스레이실에서 나이가 있어 보이는 방사선과 여직원이 내 얼굴을 보며 옅은 한숨을 내쉬었다.

"자궁이 너무 작아졌어요."

그러면서 초음파와 엑스레이 사진을 보여주었다. 방대해 보이는 몸속 기관들 사이에 자리한 내 자궁은 조그맣게 쪼그라들어 있었다. 무언가를 숨기고 있는 듯, 혹여나 발견될까 봐 숨죽이고 있는 것처럼 보였다.

그뒤로 몇 년 동안, 춤 생각만 나면 몸이 근질거렸고, 꾸준히 스튜디오를 왔다갔다하며 열과 성을 다했던 옛 시절이 그리웠다. 그래도 폐가 될까봐 둥니 선생님에게는 전화를 걸지 않았다. 시간이 흐른 만큼 선생님도 늙었을까? 댄서로서는 어느 정도 수준이 되었을까, 아직도 블랙풀에 가는 게 목표일까? 선생님의 페이스북을 들여다보아도 새로 올라온 글은 없었다. 춤 생각이 날 때마다 거의 반사적으로 선생님에게 연락해보고 싶은 마음이 들었다. 그런 마음을 나는 억누르고 또 억눌렀다.

결국 참다못해 메이신에게 선생님의 근황을 물어보았지만 자기도 모르겠다며 전에 중년반 반장이었던 라이 아주머니에게 알아보겠다고 했다.

둥니 선생님이 세상을 떠났다는 소식을, 떠난 지 일주일도 되지 않았다는 소식을 그렇게 전해 들었다.

선생님은 지난달부터 살이 자꾸 빠지는 통에 위장이 안 좋아 그렇겠거니 아니면 감기겠거니, 하고 대수롭지 않게 넘겼는데 아무리 시간이 지나도 좋아지지 않았다. 휴가를 내고 병원에 가서 검사를 해본 결과 혈액암 판정을 받았다. 그러곤 입원한 지 이십 일이 채 되지 않아 세상을 떠났다.

비가 내리던 그날, 메이신과 함께 둥니 선생님 장례식장을 찾았다. 장례식이 진행된 학교 강당은 조문객들로 꽉 차 있었다. 같은 반 수강생끼리 아니면 커플끼리 그 자리에 모인 이들은 전부 선생님의 제자였다. 나는 위패가 놓인 곳 가까이에는 가지 않았고 향도 올리지 않았다. 가족들에게도 따로 인사드리지 않은 채 멀찍이 떨어져서 선생님의 생전 영상과 사진만 물끄러미 바라봤다.

오열하는 제자들도 꽤 있었다. 내가 느꼈던 선생님의 올바른 됨됨이가 떠올라 이해가 갔다. 선생님이 여기 어딘가에 있을 것 같다는 느낌이 들었다. 스승 입장에서 제자들이 많이 왔으니 어찌 뿌듯하지 않으랴. 댄서 입장에서는 지금 어떤 심정일까? 결국엔 무얼 손에 넣었을까? 영혼은 무슨 색깔일까? 드디어 나만의 비밀스러운 세계에 당도했을까?

메이신과 비를 맞으며 한 블록을 걸어가 전철역으로 들어섰다. 나란히 앉아 가까이에서 보니 메이신 얼굴에도 세월의 흔적이 깃들어 있었다. 주름지거나 축 처진 얼굴은 아니었지만 초췌함이 바로 세월의 흔적이었다. 입술과 얼굴이 창백하고 핼쑥했다. 너무나 괴로운 나머지 정신이 나간 것처럼 얼떨떨한 표정이었다. 오랜 세월이 흘러 우리는 중년이 되었지만 그만큼 서로를 잘 아는 사이가 되었다. 내가 아는 한 메이신은 예전 모습 그대로였다. 방금 말한 창백하고 초췌한 모습은 사실 십 년 전 수업시간에 처음 본 모습 그대로였다. 지금도 긴 머리에 일자 앞머리를 유지한 채 예전처럼 진한 파란색 싱글 코트에 흰색 블라우스를 입고 메리제인을 신고 있었다. 여자라면 그렇게 하고 다녀야 한다는 어머니의 신조가 반영된 복장이었다. 그래서인지 메이신은 일본 드라마 속 하이틴스타 같은 이미지를 마흔이 될 때까지도 고수하고 있었다.

메이신의 어머니는 딸아이가 소녀처럼 하고 다니길 바랐다. 결혼도 하지 않기를, 성숙한 여인이 되지 않기를 바랐다. 그러면서도 여자는 계속 일을 해서 집안을 먹여 살릴 수 있어야 한다고, 그래야 어머니가 딸에게 제일 중요한 사람으로 남을 수 있다고, 어머니도 영원히 늙지 않을 수 있다고 생각하는 것 같았다.

내가 너무 감상적인 것 아닐까 걱정스러웠다.

"장례식장 갔다가 바로 집에 가면 안 되는 거 알지? 사람 많은 데 가서 돌아다니거나 커피라도 마시고 백화점 구경이라도 해. 나는 이따가 약속이 있어. 두 정거장만 가면 백화점이니까 쇼핑도 하고 살 것 있으면 사고 그래."

메이신은 싱긋 웃었다. 눈이 초승달처럼 부드럽게 휘어졌다.

"근데 나 혼자서는 쇼핑 못 해."

"왜?"

"원래 혼자서는 제대로 된 물건을 못 고르거든."

살짝 짜증이 났다.

"제대로 된 물건이 아니면 또 어때. 후회되면 다른 걸로 교환하면 되지. 네가 번 돈이니까 써도 되잖아. 잘못 사면 또 어때서 그러냐고."

"응, 맞아."

메이신은 또 가늘어진 눈으로 부드럽게 말했다.

"그래도 나는 혼자 쇼핑 못해."

나는 믿을 수 없다는 눈으로 메이신을 쳐다봤다.

메이신은 소녀처럼 귀여운 웃음을 터뜨렸다.

"알았어. 쇼핑할게, 한다고. 근데 집에 먼저 가봐야 돼. 나 혼자서는 아무것도 살 수가 없어서. 우리 엄마나 보는 눈이 있지, 나는 아니거든. 내가 고른 옷은 나한테 잘 안 어울리는데 엄마가 골라준 옷은 다 잘 어울려."

순간 몸서리가 쳐졌다.

메이신이 고개를 돌려 나를 쳐다봤다.

"아무리 그래도 이 세상에 자기 자식 잘되길 바라지 않는 부모가 어디 있겠니."

나도 웃어주며 천천히 고개를 끄덕였고 메이신이 원하는

대답을 해주었다. 그러곤 전철 차창에 비친 우리 모습을 바라보았다.

메이신은 아무렇지 않은 척하는 것이었다. 메이신도 잘 알고 있을 터였다. 아니면 그 초췌함이 어디서 묻어나왔겠는가.
메이신은 페이스북에 퍼스널트레이닝을 받는 사진을 올렸고 새로운 친구도 사귀었다. 어머니는 선을 주선해주었다. 메이신은 페이스북 친구들에게 제일 예쁘게 나온 맞선용 사진을 골라달라고 부탁했다. 결국 두번째 약혼남과도 헤어졌다. 어머니의 날*에는 어머니와 찍은 사진 밑에 '세상에서 가장 고마운 사람, 우리 엄마'라는 멘트를 달았다. 어머니 얼굴은 모자이크를 해놓아서 메이신의 웃는 얼굴만 보였다. 웃지 않으면 큰일이라도 나듯 늘 웃고 있는 메이신의 얼굴만.

---

* 타이완에는 어버이날이 없고 어머니의 날과 아버지의 날이 따로 있다.

11

 꿈에서 아버지가 나를 찾아왔다. 약속 장소는 카페였는데 아버지와 둘이서만 보는 자리였기에 꽤 어색한 기분이 들었다.
 아버지는 오래전에 있었던 기나긴 이야기를 들려주었다. 나는 아버지의 입술을 바라보았다. 아버지는 분명 뭐라 말을 하고 있었지만 목소리가 들리지 않았다. 희뿌옇고 몽롱한 분위기의 옐로브라운색 카페 통창이 오히려 생생하게 느껴졌다. 잔잔하게 깔리는 재즈 음악이 내 피부에 물결 형태의 자국을 남기는 느낌까지 선명했다. 하지만 아버지의 목소리만은 들리지 않았다.

잠에서 깨어나보니 꿈이 한 편의 우화 같았다. 엄마와 아버지 사이에는 내가 있었고 우리 셋의 사이에는 파탄이 날 만큼의 분란은 없었지만 동시에 친밀한 유대도 없었다. 가족이란 이름으로, 하나의 '단위'라고도 할 수 있는 무리를 이루어 물질만능주의 세상에서 살아남았다. 그럼에도 나는 늘 고아가 된 기분이었고, 아버지도 고아인 기분으로 살았으며 엄마도 마찬가지였다. 우리는 각자 무모할 정도로 용감하게 하루하루를 살아나갔다. 감정이 풍부한 사람들이었지만 타인과 교감하는 법을 알지 못했고 타인의 외로움을 이해하지도 못했다. 성공을 향해 달려가고, 무언가를 사고팔고, 부동산을 소유하고, 안도감을 느끼고, 가족과 같은 공간에서 살고, 음식을 해먹는 건 우리 가족이 본능적으로 할 줄 알았던 것들이다. 이 세상 모든 사람들은 각자 부모가 있지만, 결국 모두 부모 없이 살아간다.

엄마가 무릎을 꿇은 채로 젊을 적 사진을 들여다보며 뒤적거리다가 코가 빨개진 채 눈물을 흘리던 모습을 잊을 수 없다. 내가 엄마의 인생을 훔쳐갔으니까, 엄마의 청춘을 앗아갔으니까, 엄마는 서러웠을 것이다. 우리 세 가족 모두 외로움을 끌어안고 살면서도 서로에게 의지하는 방법을 몰랐다. 이 세상 모든 외로움처럼, 서로를 위로해줄 수 없는 처지였다. 운이 좋아봤자 서로를 '조금' 이해하는 정도였을 것이다. 외로움이란 이처럼 전형적이고 단순하다. 한 사람의 외로움은 다른 사람에게 전염된다. 외로움이 전염된 사람은 또다른 사람을 외롭게 만든다. 그렇다고 해서 외로운 사람끼리 상대방의 외로움을 이해해준 적은 단 한 번도 없다. 우리는 서로의 매력에 끌려 다가가다가 정작 얼굴을 마주하면 총알이 튕겨나가듯 흩어진다. 그러다 또 어느 시점이 되면 서로를 향해 다시 또르르 굴러간다. 삶은 죽음과도 같다. 죽는다고 흩어지는 것은 아니다. 단지 모일 수 없게 될 뿐이다.

아버지가 어릴 적 지룽*에서 살다가 대여섯 살 때 아버지의 아버지, 그러니까 나의 할아버지를 따라 배를 타고 푸저우**로 건너갔던 이야기를 해준 적이 있다. 지룽에 일자리가 없던 시기여서 할아버지는 이참에 푸저우로 건너가 친척들에게 일감이 있는지 물어볼 심산이었다. 할아버지는 전통적인 기술을 전수받은 대단한 실력의 목수였다. 지금은 명맥이 끊긴 기술이지만 못 하나 쓰지 않고도 어떤 가구든 만들 수 있는 최고의 기술자였다.

---

* 基隆, 타이베이 북쪽 근교에 위치한 타이완에서 두번째로 큰 항구도시.
** 福州, 중국 남부의 항구도시.

할아버지와 아버지는 정식으로 배표를 사는 대신 뒷돈을 주고 작은 배로 밀항했다. 두 부자는 그길로 바다를 건너 푸저우로 넘어갔다.

배를 탄 다음날 지롱에 대량 학살 사건*이 일어났지만 두 부자는 그 사실을 알 길이 없었다. 도시 전체를 가로지르는 톈랴오 운하 양쪽에 남자들이 일렬로 무릎 꿇고 앉아 등뒤에서 날아온 총알에 사살되었고, 시신은 곧장 운하 속으로 던져졌다. 새빨간 핏물로 물든 운하에는 수많은 시체가 떠다녔다. 마을 사람들은 무서워서 집밖에도 나가보지 못했다. 이런 상황에서 시체를 거두러 가는 사람이 있을 리 없었다. 사오일 정도 기다렸다가 산더미처럼 쌓인 썩은 내 나는 시체더미에서 실종된 아들을 찾아낸 사람도 있었다. 우리 엄마, 아버지가 아직 어린아이였고 서로 모르는 사이였을 때 이야기다. 어느 날, 외할머니는 큰아들이 집에 돌아오지 않자 창자가 끊어질 듯한 고통에 눈물조차 흘릴 수 없었다. 며칠 뒤 별안간 큰외삼촌이 돌아왔다. 밖에 나가면 아무나 다 잡아죽인다는 걸 알고 기지를 발휘한 큰외삼촌은 낯선 건물로 들어가

---

* 1947년 2월 28일에 일어난 민중 학살 사건. 수만 명의 타이완 민중이 국민당 정부의 폭정에 항거하다 2월 28일부터 5월 16일까지 타이완 전역에서 참혹하게 살해당했다.

어두컴컴한 계단에 몸을 숨긴 채 바깥에서 전해지는 경악과 두려움, 피비린내를 온몸으로 느꼈다. 외할머니는 집으로 도망쳐 온 큰외삼촌을 안간힘을 써 위층에 밀어올리고는 두터운 솜이불로 꽁꽁 싸맸다. 그러곤 아래층으로 내려와 대문을 잠그고 부엌으로 들어가 과도를 뽑아든 채 아이들에게 절대 문밖으로 나가면 안 된다고 엄포를 놓았다.

우리 아버지는 자기 아버지를 따라 배에서 내려 차를 타고 가다 어딘가에서 내렸다. 걸어서 얼마쯤 가다보니 푸저우가 나왔다고 했다. 전란이 한바탕 휩쓸고 간 모양인지 마을이 온통 쑥대밭이 되어 있었다. 두 사람은 여기저기 알아보았지만 일자리가 있을 리 만무했다. 다들 장애를 얻거나 병이 들거나 아니면 반쯤 정신이 나가 있었다. 집을 지을 능력이 있는 사람은 물론이고 집을 짓고 싶어하는 사람도 없었다. 가구를 만들고 싶은 사람은 더더욱 있을 리가 없었다. 어쩔 수 없이 차를 갈아타고 고향인 허우안으로 가봤더니 친척들은 죽거나 도망치거나 미쳐 있었고 아무것도 남아 있지 않았다. 어린아이였던 아버지는 배가 고파도 두렵지는 않았다. 할아버지는 먹고살기 위해 기껏 처자식을 데리고 바다를 건넜는데, 살길을 찾기 위해 고향으로 돌아오다니, 어딜 가나 뱃가죽이 등에 달라붙는 건 마찬가지일 텐데 삶이란 원래 배고프고 궁핍한 것 아닐까라며 자조했다.

부자는 한 달 동안 배회하다가 고향에도 남은 게 없다는 걸 확인하고는 지룽으로 발길을 돌렸다. 돌아가는 작은 배 안에서 입을 여는 사람은 단 한 명도 없었다. 지룽에 무슨 일이 벌어졌는지 아는 사람도 없었다.

뭍에 오른 두 사람은 하늘조차 딱딱하게 굳은 재를 뿌려놓은 듯한 색깔로 변했다는 사실을, 도시 전체가 죽어나가 공기 중에 슬픔과 비통함이 떠다니고 있다는 사실을 곧바로 알아챘다. 두 사람이 떠나 있던 한 달이란 시간 동안 이 항구 도시에서 무슨 일이 일어났는지 그제야 알았다.

며칠이 지나고 나서야 제대로 된 두려움이 엄습했다. 두 사람이 무슨 사태를 모면했던 것인지, 한 달이라는 잔인한 시간 동안 무엇이 자신을 빨아들였다가 뱉어냈는지, 교묘한 시간의 장난 속에서 무엇에 의해 미끄러져들어갔다가 밀려나왔는지를 비로소 깨달았다. 운명의 장난이었지, 아버지는 이렇게 말했다.

할아버지는 사실 아버지의 친아버지가 아니었다. 아버지는 전쟁의 폐해로 삶이 곤궁한 탓에 다들 정처 없이 떠돌아다니던 시절 아홉 남매 중 막내로 태어났다. 아버지의 큰형과 큰누나는 아버지를 목수 부부에게 팔아버렸다. 부모가 둘 다 세상을 떠나고 남겨진 아홉 남매는 아직 어린아이들이었다. 포대기에 쌓여 있는 막내는 골칫덩어리였다. 갓난아기를 돌볼 능력이 없던 남매들은 막내를 다른 사람에게 줘버리는 것이 유일한 선택지였다. 아버지의 형, 누나들과 목수 부부는 아기였던 아버지를 데리고 항구도시인 지룽으로 함께 넘어와 운하 양쪽에서 각자 살림을 꾸렸다. 서로의 생존 여부만 건너 들을 뿐 연락은 한 번도 한 적이 없었다.

우리 아버지는 쉰이 되어서야 형, 누나들이 도시의 반대쪽에 살고 있다는 걸 알았다. 수소문 끝에 연락이 닿자 그 누구에게도 냉담했던 아버지가 신바람이 나서 혈육을 만나러 갔다. 옷을 단정히 차려입고 나간 아버지를 큰누나와 넷째 형이 기다리고 있었다. 막상 얼굴을 보자 아버지는 감격에 겨운 나머지 아무 말도 하지 못했다. 강인한 남자였기에 눈물까지 흘리지는 않았지만 어린애처럼 들뜬 건 사실이었다. 그 시대 사람들끼리 만난 자리이기에 포옹 대신 악수를 하고 연신 웃음을 지어 보였다. 그러면서 지금은 무슨 일을 하며 먹고사는지 전에는 어떤 일로 생계를 꾸렸는지 거듭 확인하는 정도였고 큰누나의 손자들만 거실에서 우당탕탕 뛰어다닐 뿐이었다.

설레는 기분이었지만 어색함과 거리감은 무시할 수 없을 만큼 컸다. 그렇지만 아버지는 수십 년 동안 떨어져 있었던 만큼 당연한 것이라 받아들였다.

며칠 뒤, 큰누나가 아버지에게 넷째 형을 보냈다. 형제들은 여러 차례의 상의 끝에 사실을 말해주기로 결정했다. 진실은 따로 있었다. 우리 아버지를 제외한 여덟 남매는 같은 핏줄이었지만 아버지는 친남매가 아니었다. 여덟 남매의 아버지가 세상을 뜨자 어머니는 자식들을 데리고 여기저기 살 곳을 찾아 떠돌아다녔다. 그러다 한 도시에서 어머니가 다른 남자를 만나 잠깐 같이 살다 헤어진 적이 있었다. 우리 아버지는 그때 다른 남자 사이에서 의도치 않게 생긴 아이였다.

아버지는 그제야 다른 형제들과 나이 차이가 많이 나는 이유를 알게 되었다. 갓난아기를 아무렇지 않게 돈까지 받고 다른 사람 손에 넘길 수 있었던 이유를.

'생물학적 거리'는 동종 생물끼리 같은 공간에 있을 때 편안함을 느끼는 최소한의 거리다. 두 개체가 일정 거리 이상 가까이에 있으면 불쾌감을 느끼고 자신의 영역이 침범당했다고 여긴다. 그 상태가 유지되면 결국 두 개체는 갈라서거나 치고받고 싸우게 된다. 생물학적 거리가 먼 개체도 있고 가까운 개체도 있다.

댄스스포츠의 본질은 '생물학적 거리'라는 법칙에 위배된다.

여기서 두 개체는 부부일 수도 있고 사귀는 사이일 수도 있고 모르는 사이, 심지어는 싫어하는 사이끼리 댄스 커플이 된 경우일 수도 있다. 그런 두 사람이 친밀하게 춤을 추며 서로의 몸을 스치기도 하고 비비기도 한다. 이제껏 아무도 손댄 적이 없던 내 신체 부위로 파트너의 무게를 지탱해야 한다. 오랜 시간 동안 그런 상황이 계속되면 본질적으로 생존에 필요한 안정감이 침해당하는 것이다.

둥니 선생님을 따라다니며 가장 행복했던 시기, 선생님과 가장 친밀했던 시기에는 나도 수업시간만 되면 관능적인 춤이 나올 정도로 열정이 샘솟고 흥분이 극에 달했다.

한번은 두 시간짜리 수업을 들은 후 옷을 갈아입고 스튜디오를 나오는데 몸이 부들부들 떨렸다. 온몸이 떨릴 정도로 분노가 치솟았다. 몹시 불쾌한 일을 당한 느낌, 성추행이라도 당한 느낌이었다.

왜 그런 건지 알 수가 없었다. 방금 전까지 아무 일도 없었는데 불현듯 분노가 치솟더니 무슨 수를 써도 가라앉지 않았다. 아까 무슨 일이 있었지? 기분 좋은 일밖에 없었던 것 같은데? 평소처럼 춤을 추고 연습하고 자세를 교정하고 또 연습했을 뿐이었다. 만족스러운 하루였고 춤도 순조로웠다. 선생님 기분도 꽤 좋아 보였고 햇빛도 따사롭기 그지없었다.

화가 한참을 가라앉지 않아 차 문을 벌컥 열고 들어가 운전석의 핸들을 미친 듯이 내리치며 괴성을 질렀다.

소리를 내지르고 나니 얼떨떨한 기분이 되었다.

순간 어떤 냄새가 훅 올라왔다. 선생님의 땀냄새와 향수 냄새에 내 땀냄새가 뒤섞인 냄새였다. 삼바를 연달아 추다보니 선생님과 껴안는 동작이 연달아 나왔다. 온몸을 밀착하고 빠른 템포에 맞춰 워크를 하는 바람에 이것저것 마구 섞인 액체가 내 온몸을 뒤덮었다. 활짝 열려 있는 모공 속으로 공기 입자와 땀방울이 파고들었다. 모르는 사람이 함부로 내 몸속을 헤집고 들어온 느낌이었다.

마음과 머리는 한 방향을 가리켰다. 흥분과 즐거움이라는 한 가지 방향을. 하지만 몸이 보내는 신호는 달랐다. 침범당했다는 신호였다.

작년에 라이 아주머니에게 전화를 걸어 아직도 중년반에서 수업을 받느냐고, 다들 잘 지내느냐고 물어보았다. 라이 아주머니는 지금도 수업을 하고 있다고, 다들 여전히 춤을 추고 있다고, 다만 사람 수가 많이 줄었다고 했다. 둥니 선생님이 세상을 떠나고 새로운 강사에게 배우는데 스타일이 많이 다르고 가르치는 방법에서도 차이가 난다고 했다. 그래서 많이들 그만두기도 했고, 대부분은 나이가 드니 몸이 안 좋아져 잘 나오지 않는다고도 했다.

"왜? 수업 들으러 오려고?"

라이 아주머니가 물었다.

한참을 헤맨 끝에 겨우 중년반의 수업 장소를 찾을 수 있었다. 고층건물에 있는 동네 주민센터였다. 춤 실력이 형편없는 남자 강사는 태도마저 아주 불손했다. 아줌마, 아저씨들이 안무를 배우다가 이해가 안 가는 부분을 거듭 질문하면 신경질을 부리고 정색을 하며 언성을 높였다. 자기 부모보다도 나이가 많은 어른들한테……

"방금 말했잖아요. 몇 번을 얘기합니까."

누가 질문을 하든 이해가 될 때까지 세세하게 설명해주던 둥니 선생님이 그리웠다. 물어본 걸 재차 물어봐도 친절한 태도로 끝까지 대답해주던 선생님이. 질문에 대답을 해주고 돌아서자마자 다른 수강생이 질문을 해도 짜증 한 번 낸 적 없던 선생님이.

수업이 끝나고 쉬는 시간에, 이 부분은 어떤 식으로 추는 거냐고 물어보는 수강생이 있어도 그 강사는 못 들은 척하며 무시했다.

개인 레슨도 하는 강사였는데 당연히 수강료는 비싼 축에 속했다.

단체반 수강생이 별도로 개인 레슨까지 받는 걸 특히 좋아하던 그 강사는 개인 레슨 시간이면 좀더 자세하게 설명해주었다. 툭하면 짜증내는 말투와 아랫사람을 부리는 듯한 태도는 여전했지만.

라이 아주머니는 빙긋 웃으며, 그냥 계속 추라고, 내년에는 우리 반이 없어질지도 모른다고, 라이 아주머니와 남편도 일흔이 되고 보니 요즘은 아무렇지 않게 넘기는 일이 많아졌다고 다독여주었다.

개인 레슨을 받으러 갔더니 강사는 참으로 거만한 태도로 나를 데리고 춤을 췄다. 내가 설명을 제대로 이해하지 못하면 불같이 화를 냈다. 내가 왜 내 돈 내고 이런 취급을 당해야 하는지 의심스럽기까지 했다. 둥니 선생님과는 완전히 다른 사람이었다. 둥니 선생님이 정열적인 라틴댄스에만 공을 들였다면 강사는 주로 왈츠나 탱고 같은 템포가 느리고 우아한 모던댄스를 췄다. 부잣집 마나님들은 특히 왈츠를 좋아했다. 왈츠는 체력이나 에너지를 많이 쓰지 않아도 되고 근력운동에 힘을 쏟지 않아도 무방해서 오래오래, 나이가 들어서도 출 수 있는 춤이었다. 딱 봐도 수업 때문에 억지로 라틴댄스를 추고 안무를 짜는 느낌이 들 정도로 안무가 전혀 창의적이지 않은 강사였다. 개인 레슨을 할 때는 라틴댄스를 가르치는 것조차 버거워했다. 댄스홀에서 열린 회원 작품 발표회가 끝나고는 내게 왈츠 수업으로 바꾸는 게 어떻겠느냐고 물어보기까지 했다.

작품 발표회에서 강사는 여러 회원들과 함께 무대에 올랐다. 모두 후원금을 두둑하게 낸 부잣집 마나님들이었다. 대표적인 큰손들은 의상을 세 번이나 갈아입으면서 가장 많은 작품을 발표했다.

오만한기 짝이 없는 사람이라고 생각하다가 우연히 단체반 아저씨들과 나누는 대화를 듣게 되었다. 평소에도 음담패설을 즐기던 아저씨들이 강사에게 먼저 농을 걸었다. 매일 부잣집 마나님과 껴안고 몇 년씩이나 춤을 추는 기분이 어떠냐고.

"ATM기를 끌어안고 다니는 기분이죠, 뭐."

강사는 제대로 된 ATM기를 하나라도 수십 년 동안 껴안고 다닐 수만 있다면 앞으로 인생은 걱정할 게 없지 않겠느냐고 응수했다.

  문득 강사의 무례함과 우월감이 거슬리기 시작했다. 정도를 넘어선 오만함과 형편없는 춤 솜씨는 말할 것도 없고, 몸에서 나는 땀냄새와 싸구려 폴리에스테르 섬유의 시큼한 냄새를 떠올리자 더는 단 한순간도 참을 수 없었다. 둥니 선생님은 하루종일 수업이 있는 날이면 혹여나 본인의 체취나 땀냄새가 파트너나 수강생에게 불쾌감을 주지 않을까 싶어 가방에 티셔츠를 두세 장씩은 챙겨 다녔다. 실로 예의를 중시하는 멋진 사람이었다. 선생님은 스승이라는 자리에 그치지 않는 본연의 댄서였지만 저 새로 온 강사는 그렇지 않았다.

  미리 낸 수강료가 아직 남아 있었지만 그 강사를 다시는 보고 싶지 않아 그만두기로 했다. 그동안 쌓아올린 춤이라는 건축물에 대한 좋은 기억을 그런 인간 때문에 한순간에 더럽히고 싶지 않았다.

  이걸로 마지막이었다. 다시는 춤출 생각이 없었다. 전혀 아쉽지 않았고 화도 나지 않았다. 악착같이 달라붙어 끈질기게 나를 괴롭히던 좌절감도 더이상 없을 것이다. 둥니 선생님과 함께하던 시절, 이인무라는 세계에서 배제되며 느끼던

실망감도 더는 없다.

  결국 이렇게 되었네요. 나는 달빛을 만끽하며 중얼거렸다. 둥니 선생님, 저 그래도 여기까지 왔어요.
  더이상 두 다리로 뛰어오르고 뱅그르르 돌고 싶은 환상은 없을 것이다. 더이상 반짝이는 비늘이 달린 치마를 두르고 다른 이의 주목을 받고 싶어하는 일은 없을 것이다. 더이상 인어의 바다에서 헤엄치는 일은 없을 것이다. 더이상 몸을 뒤틀며 색색깔의 산호 사이를 헤치고 다니다가 해수면을 통해 굴절되어 들어오는 인간의 불빛을 향해 소원을 비는 일은 없을 것이다.
  나는 처음부터 마지막까지 단 한 번도 댄서였던 적이 없다. 결국 평범한 여자가 되었고, 부상 입은 다리로 육지를 걸어다니며 살고 있지만, 눈만큼은 매우 밝아 수많은 풍경을 눈에 담으며 수많은 사람을 알게 되었다. 이제 골드 댄스화는 신지 못하고 굽 없는 구두만 신을 수 있는 사람이 되었다.

  둥니 선생님이 내 목소리를 들은 것 같았다.
  수업 전에 일찍 도착하면 스튜디오 사방 벽면을 따라 룸바 워크를 하며 한 바퀴 또 한 바퀴 돌곤 했다. 지치기 시작할 때쯤 어느샌가 둥니 선생님이 나타나 흐트러지지 말고 계속 연습을 하라며 채근했다. 몸에 힘이 빠져 스텝이 느려지면 두 손으로 박자를 세주며 어서 박자를 따라가라고 느려지면 안 된다고 격려했다. 속도가 느려지면 벌떡 일어나 같이 룸바 스텝을 밟아줄 때도 있었다. 아니면 뒤에서 손으로 내 엉덩이를 살짝 밀어주기도 했다.

"투, 스리, 포, 투, 스리, 포, 박자에 맞춰서 춰야지. 느려지면 안 돼."

선생님이 이제 그만하라고 하면 나는 숨을 헐떡이며 바닥에 엎드려 일어나지 못했다.

선생님이 일으켜주면 나는 벌컥 화를 냈다.

"룸바 진짜 싫어요. 기본 스텝이 왜 이렇게 어려운 거예요. 너무 싫어."

선생님은 큰 소리로 웃음을 터뜨렸다. 엉덩이를 뒤틀면서 스텝을 숫자로 세어야 하고, 미끄러지듯 유연하게 움직여야 하고, 가슴과 허리를 쫙 펴야 하고, 음악도 맞춰서 춰야 한다고 의식하니 어려운 거라고 다독여주었다.

"뭘 그리 복잡하게 생각해, 인마. 춤은 복잡하게 생각할 필요 없어. 너는 룸바를 머리로 추고 있잖아. 그러니까 어렵지. 걷는 거야. 그냥 걸으면 돼. 춤이라는 개념은 아예 머릿속에서 지워버려. 춤을 춘다는 건 걷는 것 그 이상도 이하도 아니니까. 거침없이 앞으로, 고개를 들고 걸어다니면 되는 거라고.

 우리 삶에 필요한 건 아름다운 발걸음뿐이야, 다른 건 중요치 않아."

인어의 발걸음

초판 인쇄 2025년 6월 5일
초판 발행 2025년 6월 18일

지은이 리웨이징
옮긴이 심지연

펴낸곳 복복서가㈜
출판등록 2019년 11월 12일 제2019-000101호
주소 03720 서울특별시 서대문구 연희로 28길 3
홈페이지 www.bokbokseoga.co.kr
전자우편 edit@bokbokseoga.com
마케팅 문의 031) 955-2689

ISBN 979-11-91114-88-1 03820

이 책의 판권은 지은이와 복복서가에 있습니다.
이 책 내용의 전부 또는 일부를 재사용하려면 반드시 양측의 서면 동의를 받아야 합니다.

이 책의 일부를 어떤 방식으로든 인공지능 기술이나 시스템 훈련 목적으로
사용하거나 복제할 수 없습니다.
No part of this book may be used or reproduced in any way for the
purpose of training artificial intelligence techniques or systems.

잘못된 책은 구입하신 서점에서 교환해드립니다.
기타 교환 문의 031) 955-2661, 3580